KB269374

"이 책을
내 마음의 당신에게
바칩니다."

아내의 천국

아내의 천국
이관희 소설집

초판 인쇄 | 2006년 07월 10일
초판 발행 | 2006년 07월 20일

지은이 | 이관희
펴낸이 | 신현운
펴는곳 | 연인M&B
디자인 | 이희정
기　획 | 여인화
등　록 | 2000년 3월 7일 제2-3037호
주　소 | 143-874 서울특별시 광진구 자양동 680-25호 (2층)
전　화 | (02)455-3987, 3437-5975 팩스 | (02)3437-5975
홈주소 | www.연인mnb.com / www.yeoninmb.co.kr
이메일 | yeonin7@chol.com

값 5,000원

ⓒ 이관희 2006 Printed in Korea

ISBN 89-89154-58-8 03810

아내의 천국

이관희 소설집

　　본문 중 〈무서운 아이〉는 고 이범선 선생께서 추천해 주신 작품이다. 그러나 문단의 공인은 받지 못하였다. 그때가 1972년도쯤의 일이었는데 당시 선생께서는 아직 추천권이 없으셨다. 중학 시절부터 무시로 선생댁을 드나들며 글 공부를 하던 나에게 이 작품을 보신 선생께서는 이제는 문단에 나가서 글을 써 보라며 나를 오영수 선생께 보내셨다.

　　간밤에 눈이 하얗게 내린 어느 추운 겨울날, 나는 처음 뵙는 오영수 선생댁 대문 앞에 원고지를 들고 섰다. 그러나 작품을 보신 선생께서는 일언지하에 추천을 거절하셨다. 말할 것도 없이 아직 작품이 영글지 못하였다는 것이 이유였다. 대신 이것 좀 보라며 한겨울인데도 검도록 짙푸르게 빛을 발하고 있는 난을 보여주셨다. 나는 선생댁을 물러 나오며 방금 '딱지' 맞은 섭섭함은 금세 잊어 버리고 나도 언젠가 저런 난을 길러 봐야지 했던 기억이 새롭다.

그 이태 후였던가, 나는 먹고 살 길이 막막하여 미국 이민 길에 오르게 되었다. 그로부터 15성상이 지난 후 나는 외지(外地)에서 종교와 관련된 일의 필요성으로 시와 소설에 이어 수필까지 들고 문단의 문을 두드려 사회적인 소정의 등단 절차를 마치게 되었다.

한 이태 전, 30년 이민 생활을 정리하여 조국으로 돌아오면서 그동안 수필 쪽에 더 많은 집필의 힘을 기울여 왔는데 이제부터는 시와 소설 쪽에도 힘을 기울여 보자고 한 생각을 지금에야 실천에 옮겨 첫 번째 소설집을 엮어내게 되었다.

늦게나마 은사님의 영전에 이 책을 바친다.

2006년 6월 초하(初夏)에

저자 씀

| 차례 |

무서운 아이

방과후 교무실에서 잔무 정리를 하고 있는데 동수라
는 아이가 급히 뛰어 들어오며 소리 지른다.

"선생님, 저기 애들이 싸워요."

동수는 숨을 크게 몰아 쉬며 단숨에 이렇게 말했다.
내가 잠시 그를 바라보고만 있자(갑작스런 일이라) 동
수는 급하게 다시 소리 지른다.

"대성이가 애들한테 막 맞고 있단 말예요."

그러면서 동수는 몸을 반쯤 돌려 곧장 다시 달려나갈
태세다.

나는 '대성이가……' 라는 말에 나도 모르게 깜짝 놀라며 자리에서 벌떡 일어섰다. 동수는 벌써 저만치 앞서 복도를 달려 나가고 있었다.

나는 급하게 동수의 뒤를 따랐다.

아이들이 싸우는 일은 흔히 있는 일이다. 그러나 대성이가, 그것도 매를 맞고 있다니? 나는 놀라움과 함께 알 수 없는 어떤 불안감에 휩싸이고 있었다. 마치 올 것이 오기라도 했다는 듯.

대성이는 내가 담임을 맡고 있는 반의 아이다. 여선생인 나를 깔보기라도 하듯 담임을 맡던 첫날부터 자주 공연한 볼멘소리를 내지르곤 하던 아이였다. 나는 지금 동수가 앞장서 달려가고 있는 곳에서 무슨 굉장한 일이 벌어지고 있는 것만 같은 느낌이 들었다. 더구나 혼자서 열 명도 패줄 수 있을 것 같은 덩치 큰 아이인데 되레 매를 맞고 있다니?

동수가 사라진 여자 화장실 건물 뒤로 쫓아가 보니 과연 대여섯 아이놈들이 대성이를 건물 뒤 벽에 붙어 세워 놓고 악다구니들이었다.

"애, 너희들 무슨 짓들이니?"

나는 급히 소리를 지르며 달려갔다. 아이들이 후딱 뒤를 돌아보더니 한꺼번에 후두둑 도망질을 친다.

"너희들 거기 서지 못해?"

나는 도망가는 아이들의 뒤에 대고 소리를 질렀다. 그러나 아이들은 벌써 저만큼 멀리 사라져 가며 여유 있게 뒤를 핼끔거리고 있었다. 모두들 고만고만 알아볼 만한 얼굴들이었다. 나는 잠시 도망가는 아이들 쪽을 노려보다가 대성이 쪽으로 돌아섰다.

대성이는 아직 거기 벽에 붙어선 채였다. 방금 씨름판에 엎어졌다 일어선 아이처럼 아직도 씩씩거리고 있는 대성이는 마치 털 뽑히다가 놓여난 닭 모양이었다. 얼굴은 여기 저기 옥쳐서 희끗희끗 피부가 일어서고 상의는 단추가 두어 개쯤 떨어진 듯 옆으로 반쯤 돌아가다 어깨가 헤 벌어져 있었다. 속에 아무것도 입지 않은 홑겹 옷이었다.

작고 차돌 같이 단단한 그의 눈빛이 일시 반짝 빛을 냈는가 싶더니 금세 차갑게 식으며 내 쪽을 노려본다. 언젠가 등대 아래서 산보를 하다 만났을 때처럼 까닭 없이 사람을 적대시하는 듯한 눈빛.

"어디 다친 덴 없니?"

나는 한껏 부드러운 음성으로 말하며 대성이 쪽으로 다가갔다. 그러나 대성이는 재빠르게 옆으로 한 발 비켜 선다.

"어디 이렇게 해 봐요."

나는 더욱 부드러운 음성으로 말하며 대성이의 어깨에 손을 얹었다. 흐트러진 옷매무새부터 추슬러 주려고 하였던 것이다. 그러나 대성이는 어깨를 불쑥 들어올려 내 손을 털어내고 고개를 옆으로 꼬며 찍, 하고 땅바닥에 침을 뱉는다. 돌연한 행동이었다. 어디서 많이 본, 못된 어른들 같은 동작이었다.

"어디 다친 데 있으면 선생님이 의무실에 가서 약을 발라주려고 그래요."

나는 옆으로 물러서는 대성이 쪽으로 한 발 더 다가섰다. 그러자 대성이가 냅다 소리를 지른다.

"쓰발! 비키란 말야!"

그렇게 말하고 대성이는 다시 찍, 하고 침을 땅에 뱉았다. 그리고 발로 빈 땅을 냅다 질러대며 내 앞을 지나 뒤도 돌아보지 않고 유유히 사라져 버린다.

나는 멍하니 대성이가 사라진 빈 운동장을 잠시 내다 보고 서 있었다. 그때, 아까 도망간 아이들의 것인 듯한 노랫소리가 쨍쨍 울려왔다.

"해—애애당화 피고 지이는 서—어엄 마—으을에—철새 따라아 차아자아 온 처어녀어 서언 새— 애앵님—"

'총각 선생'을 '처녀 선생'으로 바꿔 부르는 것으로 보아 아까 대성이를 패주고 도망간 그 애 놈들일 것임이 분명하였다.

사범학교를 졸업하고 곧장 발령을 받아 첫 번째로 부임 해 온 곳이 이곳 동해안의 바다가 내려다보이는 초등학교였다. 그 후 지난 2년 동안, 나는 아이들 앞에서 때로는 뜻하지 않은 실수도 저지르고 때로는 눈에 띄게 반짝이는 바닷가의 예쁜 조약돌 같은 기쁨들도 맛보며 서툰 교사 생활을 익혀 오고 있는 중이다.

여선생이 귀한 이 학교에 서울에서 사범학교를 갓 졸업한 처녀 선생님이 오시게 되었다는 소식은 아이들에게는 물론 온 어촌의 어른들에게까지 여간 반가운 일이 아니었던 모양이었다.

부임하던 첫날 버스 정류장까지 나와 기다리고 있던 아이들이 목에 화환을 걸어주며 스커트 자락이 터질 듯 매달려 환성을 지르는 통에 나는 금세 눈물을 쭈르르 쏟고 말았었다. 나는 그때, 실은 실연의 아픔을 낯선 곳에서 흠뻑 아이들에게 사랑을 쏟아 부음으로 치유하리라는 다소 이기적인 생각으로 어촌 부임 결정을 내렸던 것이었는데. 그 후 2년 동안, 내가 예상하고 기대하였던 대로 바닷바람에 사시사철 까맣게 타서 눈알들만 유난히 반짝이는 어촌의 아이들은 내 얼굴을 바라보는 것 만으로도 즐겁다는 듯 어디를 가나 따라다니며 놓아주지를 않아 적이 위안이 되었다.

아이들은 얼마 지나지 않아서 곧, 나를 선생님보다는 언니 누나처럼 대하게 되었고, 그 중에 제법 허리통이 굵은 사내 아이들은 때때로 무슨 짓궂은 장난질을 치고 도망가며 얼굴을 홍당무처럼 붉히곤 하는 일도 있었다. 그러나 도시에서 태어나 자란 나는 아직 파도 소리에도 익숙지 못해서 자다가 파도 소리에 놀라 잠을 깨면 다시는 더 잠을 이루지 못하고 밤을 홀딱 새우곤 하였다.

대성이는 금년 봄에 새로 전학 온 3학년 학생 가운데 하나였다. 나는 처음에 대성이가 신입생이 아닌 줄 알았었다. 낯이 선 아이이기도 하였지만 무엇보다 같은 학년의 다른 아이들보다 월등히 큰 몸집 때문이었다. 후에 안 일이었지만 그는 실제로 다른 아이들보다 나이가 두 살이나 더 많았고 또 같은 또래 중에서도 몸집이 큰 편이었다.

"거기 서 있는 학생은 몇 학년인데 아직 반에 들어가지 않고 있지요?"

수업이 시작된 첫날 아이들을 운동장에 모아놓았을 때 뒤에서 머뭇거리고 있는 대성이를 발견한 내가 이렇게 말하자 대성이는 대뜸,

"교장선생님이 일루 가라구 했단 말야. 씨, 드러서."

하고 볼멘소리를 질러댔다.

그런 대성이가 나에게 배당된 반 학생 가운데 하나라는 사실을 알게 되었을 때 나는 솔직히 당황하지 않을 수 없었다. 교장선생님이 이리로 가라고 했으니까 왔다는 그의 말이야 이상할 것이 없지만 '씨' 는 무엇이고 '드러' 는 무엇이란 말인가? 무엇보다도 그의 그런 말

투는 이곳 아이들에게서는 한 번도 들어 본 일이 없는 낯선 것이었다.

교무실로 돌아온 나는 책상 앞에 앉아 오들오들 가슴을 떨었다.

'쓰발! 비켜!'

방금 대성이가 못된 사내 어른들처럼 질러대던 고함 소리가 아직도 귀에 왕왕 울리는 것 같았다. 그러나 나는 대성이의 그런 말버릇이 분하거나 혹은 서글퍼서 가슴을 떨고 있는 것이 아니었다. 나는 솔직히 무서워서 가슴을 떨고 있었다. 지난 몇 개월 동안 대성이를 대할 때마다 막연하게 느껴왔던 불안감의 정체가 바로 이런 것이었던가?

언젠가 등대 아래서 이 선생과 산책을 하다가 대성이와 마주쳤던 일이 있었다. 다음날 교실에 들어갔을 때 시끌벅적하게 떠들던 아이들이 갑자기 조용해지며 내리깐 눈으로 내 얼굴을 훔쳐보았다. 그때 칠판에다 무슨 그림인가를 그리고 있던 대성이가 나를 보자 휙 하고 분필 도막을 아무렇게나 던지며 자리를 향해 태연히 걸

어 들어갔다. 칠판에는 분명 이 선생과 나라고 생각되
는 남녀가 포옹을 하고 있었고 옆에는 '짝짜꿍'이라는
설명문까지 붙어 있었다. 아이들이 킥킥 웃음을 삼키는
소리가 내 등 뒤에서 들려왔다.

그날 대성이는 처음으로 나에게 몹시 꾸중을 들었다.
그러나 대성이는 눈물 한 방울도 흘리지 않았었다. 내
가 일부러 화를 내 보이고 있다는 걸 눈치 챈 것일까?

밤새 잠을 설쳤지만 언제나처럼 아침 파도 소리에 마
음을 씻고 학교로 갔다.

아침 조례 때 어저께 대성이와 싸웠던 아이들을 눈으
로 지목해 두었다가 점심시간에 교무실로 불러 세웠다.
아이들은 모두 5학년 학생들이었다.

교무실에 불려온 아이들은 하나같이 고개를 푹 떨구
고 있었다. 그러나 숙이고 있는 고개 밑으로 내 얼굴을
연상 훔쳐보는 모양으로 보아 겁을 먹고 있는 것 같지는
않았다. 나는 좀 엄하게 다루어야 되겠다고 생각하며
입을 열었다.

"너희들 왜 여기 불려 왔는지 알고 있지?"

아이들은 조금 더 고개를 떨어뜨렸을 뿐 아무도 대답하지 않았다.

"선생님을 속이면 오늘은 정말 단단히 벌을 주겠어요. 알아들 들었지요?"

아이들은 약간 찔끔 하는 눈치였지만 설마 그러랴 싶은 듯 내 얼굴을 다시 핼끔 훔쳐본다.

"어저께 왜 대성이 하고 싸웠지요? 학생들은 대성이보다 두 학년이나 위이고 나이도 많은데 어떻게 어린 동생을 여럿이서 같이 때려줄 수 있는 거예요?"

아이들은 여전히 입을 다물고 있었다.

"자, 대답들을 해 봐요. 대답하지 않으면 나는 여러분들을 아주 나쁜 사람으로 여겨서 좋은 사람이 될 때까지 벌을 주겠어요."

"그 새끼 나이배기란 말예요."

아이들 중 하나가 불쑥 대답하였다.

"그건 선생님도 알고 있어요. 하지만 학생들보다는 어리고 더구나 대성이는 하급생이지 않아요? 그리고 나는 지금 그걸 묻고 있는 게 아녜요. 왜 대성이하고 싸웠나, 그걸 묻고 있는 거예요."

“선생님은 모른단 말예요.”

또 다른 아이 하나가 대답을 하였다.

“모르니까 알려고 묻는 것 아녜요? 어서 싸운 이유를 말해 봐요.”

“그 새낀 나쁜 새끼예요.”

“그 새끼라구 그러는 거 아니예요. 대성이라고 이름을 불러야지요. 대성이가 왜 나쁘지요?”

아이들은 잠시 머뭇거리며 곁눈질로 저희들끼리 무얼 의논하는 눈치다.

“자, 무슨 말이라도 괜찮으니까 해 봐요. 대성이가 어째서 나쁜 아이라는 거예요?”

“그 새낀, 아니, 대성이 새낀 기집애들만 못살게 군단 말예요.”

그리고 킥, 킥, 웃음을 참는다.

“뭐라구요?”

나는 나도 모르게 버럭 소리를 질렀다. 금방, 어저께 나를 향해 ‘쓰발, 비켜!’ 라고 말하던 대성이의 어린애 같지 않던 얼굴이 눈앞에 떠오른다. 나는 정신을 차리고 다시 아이들에게 입을 열었다.

“여자애들에게 어떻게 훼방 놓았지요?”

“때릴려구 했어요. 그 새낀 기집애들만 때려준단 말예요.”

“대성이가요? 왜요? 왜 대성이가 여자애들을 때리지요?”

아이들은 또 대답이 없다.

“자, 어서 말을 해 봐요.”

“그건 몰라요.”

이어서 아이들은 “대성이 새낀 이상한 새끼예요.”라는 말을 덧붙였다. 나는 또다시 흠칫 하며,

“이상하다니요? 뭐가 이상하다는 거예요?”

아이들은 또 입을 다물었지만 이번에는 자기들끼리만 통하는 비밀이라도 있는 듯 하나 같이 허리를 옆으로 꼬며 비어져 나오는 웃음을 참는 눈치들이다.

“대성이가 왜 이상한 아이인지 말해 봐요.”

“기집애들 한테만 덤비니까 그렇지요.”

한 아이가 그렇게 대답하자 이젠 내놓고들 키득댄다.

“학생들이 그걸 봤나요?”

“어제두 그랬단 말예요.”

"그래서 싸웠나요?"

"네!"

"알았어요. 하지만 상급생들이 하급생 하나를 그렇게 여럿이서 때려주는 일은 아주 나쁜 짓이예요. 말로 타이르든지 아니면 선생님한테 말씀 드려야지요. 다음엔 그런 일 다시는 없기예요. 알겠어요? 그리고 한 가지 더. 어저께 운동장에서 도망가며 부른 노래는 무슨 노래였지요?"

나는 지금까지 보다 더 엄한 소리로 물었다. 그러나 아이들은 소리나게 다시 키득거렸고 나도 이미 아이들을 나무라고 있지는 않았다. 나는 새어 나오는 미소를 애들 몰래 감추며 한 번 더 따끔하게 소리를 질렀다.

"그런 노래도 다시는 안 부르기예요. 알았지요? 돌아들 가요."

저녁에 퇴근하면서 나는 같은 학년의 2반을 담임하고 있는 이 선생에게 어제 오늘 있었던 대성이에 관한 이야기를 하였다. 젊은 남자답지 않게 과묵한 편인 이 선생은 끝까지 아무 말 없이 내 얘기를 듣고 나서도 한참이 더 지나도록 아무 대답이 없다.

"저는 어떻게 그 애를 지도해야 좋을지 알 수가 없어요."

나는 이 선생의 대답을 재촉하듯 벌써 몇 번째 한 말을 되풀이하였다. 그러자 이 선생이 대답 대신 좀 엉뚱한 질문을 한다.

"대성이는 이곳에서 자란 아이가 아니지요?"

나는 순간 깜짝 놀라, 잠시 걸음을 멈췄다. 그리고 이 선생을 바라보았다. 한두 발 앞선 이 선생이 나를 돌아보며 말없이 걸음을 재촉한다.

"그래요. 정말 그래요. 그래서 그랬던 거예요. 그런데 왜 나는 이때까지 그런 생각을 못했지요?"

나는 진작부터 대성이가 외지에서 전학해 온 학생이라는 것을 그의 학적부를 통해서 알고 있던 터였다. 그런데 그의 학적부에 기재된 연월일이 현실 감각이 나지 않을 정도로 몇 년이나 오래 전의 날짜들이었고 그나마 적혀 있는 지난 행적들이 분명치도 못한 것들이었다. 그 위에 내가 그 아이에 대해서 무엇인가 다른 아이들과 다르다는 막연한 느낌 이상 특별한 관심을 기울이지 못한 까닭은 이곳 아이들 중 학년의 고하를 막론하고 대성이를 모르는 아이는 하나도 없는 것 같았다는 점이었다. 1년 내내 잡혀 올라오는 생선마저 그놈이 그놈으로 비슷한 어종들 뿐 낯선 모양이라고는 어쩌다 잘못 걸려 올라오는 상어 새끼 몇 마리 정도가 전부인 어촌에서 어떤 아이 하나에게 특별히 낯선 느낌을 갖는다는 일은 그것이 오히려 낯선 일이었다.

나는 일시에 대성이에 대한 모든 의문이 풀리는 듯한 느낌이었다. 남자란 역시 든든한 존재로구나. 그러니까 대성이는 단지 이곳에서 자란 아이가 아니었을 뿐이었던 것이다. 그래서 이곳 아이들 가운데에 파묻혀 보이지 않고 자꾸 눈에 튀었던 것이다. 아마 먼 외가에라도 가 있다가 온 아이이겠지.

나는 오랜만에 가벼운 마음이 되어 파도를 밟으며 바닷가라도 산책하고 싶다는 생각이 들었다. 그러나 이 선생은 그런 나의 밝아진 표정을 빙그레 웃으며 바라보다가, 그러나 곧 정색을 하며 이렇게 또 묻는다.

"앞으로도 그게 좀 문제가 되지 않을까요?"

이 선생의 말은 정작 문제는 이제부터라는 듯했다.

그러나 나는 얼마 동안 대성이에 관한 일을 잊어 버리
고 지냈다. 아니 일부러 아무 일도 아니었다는 식으로
얼버무리고 있었다.

그런 어느 날이었다. 화장실에서 막 나오려는데 빗창
살이 하늘 쪽으로 열려 있는 화장실 환기창을 통해 귀
익은 남자 아이의 음성이 들려왔다.
　"야, 너 정말 내 말 안 들을 거야?"
　틀림없는 대성이의 목소리였다. 나는 황급히 발뒤꿈
치를 들고 밖을 내다보았다. 얼마 전에 대성이가 아이
들에게 몰매를 맞던 바로 그 장소였다. 여자아이 하나
가 잔뜩 겁먹은 표정으로 이쪽 벽을 건너다보고 있었
다. 거기 이쪽 화장실 건물 벽에 대성이가 버티고 서 있
는 모양이었지만 내 눈에는 들어오지 않았다.
　"저영 말 안 들으믄 콱 죽이가서, 알간 에미나야?"
　나는 내 귀를 의심하였다. 그것은 분명 대성이의 음성
이었지만 이제껏 한 번도 들어 본 일이 없는 낯선 말투
였기 때문이다.
　"치마를 올려 보란 말이다, 간나야!"

드디어 대성이가 벽을 떠나 여자아이 쪽으로 다가가는 모양이었다. 곧 내 눈앞에 대성이의 단단한 차돌 같은 뒤통수 모습이 보였다.

"엄마!"

여자아이가 기겁을 하며 울음을 터뜨린다. 큰 짐승에게 쫓겨 도망가다가 채인 조그만 짐승처럼.

그러자 거기 또 아주 놀라운 장면이 벌어지고 있었다. 대성이가 갑자기 껄껄 대고 웃으며, ―그렇다. 그 애는 분명 껄껄 대고 웃었다. 어른처럼.

"에이, 바보! 바보! 바보야!"

대성이는 그렇게 소리 지르며 어디론가 휭 하니 달아나 버리고 말았다. 눈 깜짝할 사이에 일어난 일이었다. 여자아이가 울음을 뚝 그치고 오히려 이상하다는 듯 이쪽 텅 빈 벽 쪽을 바라보고 있었고 나도 화장실 안에 갇힌 채 잠시 넋을 잃고 있었다.

나는 다시 허겁지겁 이 선생을 만나 우연히 훔쳐보게 된 그 놀라운 장면을 털어놓았다. 그러나 이 선생은 이번에도 별다른 표정의 변화가 없다.

　　나 혼자 흥분해서 떠들다가 입을 다물고 나니 사방이 금세 조용해진다. 세상에, 남자들이란 갑갑한 존재들이기도 하구나!

　　"대성이네 집 가정방문은 해 보셨습니까?"

　　한참 만에 입을 연 이 선생의 또다시 엉뚱한 질문이었다.

　　"아니요. 왜요?"

　　"누굴 흉내내고 있는 게 아닌가 해서요. 치마를 올려 보라는 얘기 말입니다."

　　그렇게 말하며 나를 바라보는 이 선생의 시선에서 나는 '대성이의 그 이상한 행동을 설마 성적인 사건으로 보고 있는 것은 아니겠지요? 라는 질문이 따라 붙고 있었음을 그제서야 깨닫게 되었다. 나는 좀 부끄러워졌다. 그러나 아무리 초등학교 저학년 학생이라지만 얼핏 웬만한 중학생 만한 체구를 가지고 있는 남자아이의 여학생을 향한 그런 말투를 보고 어떻게 성적인 연상을 하지 않을 수 있단 말인가.

　　"이 선생님이 제 대신 좀 가 봐주시지 않으시겠어요?"

　　나는 얼떨결에 이 선생에게 대성이의 가정방문을 부

탁하였다.

"나보다 담임선생님이 나을 겁니다. 더구나 선생님은 여선생님이시니까요."

"그건 또 무슨 말씀이세요? 내가 여선생님이기 때문에 낫다구요?"

"왠지 그런 생각이 들었습니다. 처음부터."

'처음부터?'

이 남자는 나보다 서너 살 정도밖에 더 위일 것 같지 않은데 꼭 영화에 나오는 가슴 큰 아버지 같은 흉내만 낸다.

"나는 왠지 그 애가 자꾸 무서워져요."

나는 정말 그 애가 무섭다. 그런 생각을 하며 내가 발을 헛딛자 이 선생이 휘청대는 내 팔을 잡아주었다.

대성이네 집은 학교가 있는 쪽에서 반대쪽이 되는 거리 북쪽에 있었다. 회칠한 벽이 오랜 세월 바닷 바람에 여기저기 뜯겨져 나간 마을회관 앞을 지나 등대다방을 지나고, 항구사진관, 서울의원, 왕대포집, 생선공판장과 어구점들을 지나 다시 언덕빼기를 한참이나 기어올라간 곳에 대성이네 집이 있었다. 집집마다 빨래 널 듯 널어놓은 철 이른 오징어 냄새가 폐 속까지 파고든다.

나는 한눈에 대성이 아버지를 알아볼 수 있었다. 대성이 아버지를 보는 순간 금방 대성이의 얼굴이 떠올랐기 때문이다. 그는 마침 지는 해를 옆얼굴에 받으며 마당 한가운데서 어구를 손질하고 있었다. 이곳에 사는 어부들 거의가 다 그렇듯 대성이 아버지도 얼핏 나이를 짐작할 수 없는 바닷가의 검은 바윗덩이 같은 무표정한 얼굴이었다.

"저, 여기가 김대성 어린이 집인가요?"

내가 이렇게 말을 건네자 그는 잠시 일손을 멈추며 흐린 눈으로 나를 바라본다.

"그렇수다 만— 아, 알았수다."

그는 금방 나를 짐작으로 알아보고 황급히 일어서며,

"대성이 놈 선생이디요?"

한다.

"네, 처음 뵙겠습니다."

"그런데 대성이 놈이래 또 무슨 일을 저질렀소?"

대성이 아버지는 나보고 안으로 들어오라는 말도 하

기 전에 대뜸 찾아온 용건부터 묻는다. 그런 그의 모습을 보자 내 머릿속에서는 금방 어떤 생각들이 맹렬한 속도로 빨리 지나가고 있었다. 저렇게 바닷가의 검은 바윗장 같은 얼굴은 한 남자 어른이 어째서 어린 여선생 앞에서 저렇게 당황하는 것일까. 더구나 대성이가 또 무슨 일을 저지른 것이냐는 걱정을 하다니. 그럼 대성이는 집에서도 늘 무슨 사고를 저지르고 있단 말인가?

"아니예요. 그냥 지나가다가 들른 거예요."

나는 의례적인 거짓말을 하였다. 대성이 아버지는 여전히 의심쩍은 눈치였으나, "이쪽으루 좀 들어와 앉으시구레." 라면서 길을 내준다. 그가 가리키는 툇마루에는 먼지가 뽀얗다.

"대성이는 집에 없는가 보지요?"

"기놈이 집에 부터 있는 벱이 있갔소, 한데 에미두 장터에 가구 없는데 어드카나."

대성이 아버지는 차츰 아까 마당에서 어구를 손질하던 모습으로 되돌아가고 있었다.

"실은 좀 여쭤볼 말이 있어서요……."

대성이 아버지의 표정이 다시 금방 긴장한다. 나는 그

런 그를 빨리 안심시켜 주어야 된다는 듯,

"대성이는 어디 다른 곳에 가 살다가 왔나요?"

하고, 이 선생이 나에게 물었던 말을 거의 그대로 외워서 되풀이하고 있었다. 세상에! 나는 참 얼마나 바보인가!

"그렇수다만, 그건 와 묻소?"

대성이 아버지가 나를 쏘아본다.

"아니예요. 대성이가 여기 시골 아이들 같지 않아서. 그럼 잘 알겠어요. 안녕히 계세요."

나는 도망치듯 대성이네 집을 나왔다. 나는 한달음에 언덕을 달려 내려가 이 선생을 만나서 방금 대성이 아버지를 만나 본 얘기를 해 주고 싶었다. 이 선생의 말은 다 맞는 말이었다. 대성이는 이곳에서 자란 아이가 아니었다. 그리고 대성이는 아버지를 꼭 빼어 닮은 아이였다. 그것 뿐이었던 것이다. 그뿐 무서운 아이가 아니었던 것이다. 그런 생각을 하며 허둥지둥 언덕빼기를 내려오고 있는 내 뒷덜미를 대성이 아버지의 퉁명스런 목소리가 나꿔채듯 한다.

"이보시라요. 여선상님!"

나는 그 자리에 멈춰 섰다. '쓰발, 비켜!' 하고 소리 지르던 대성이의 그 볼멘 목소리와 똑같은 투의 음성이었다. 대성이 아버지가 내가 멈춰 선 곳까지 내려와 옆에 서더니 얼핏 한숨부터 내쉰다.

"그놈은 버린 자식이외다. 하지만서두 어떻카갓소. 기래두 내 새낀데……."

버린 자식이라니? 그러니 좀 도와달라는 뜻일까? 나는 대성이 아버지의 말뜻을 얼핏 알아들을 수 없었다. 흔히 있는 학부형들의 단순한 하소연 같기도 하고……. 그런 그에게 나는 또 아까와 똑같은 질문을 던졌다. 아니 아까 미처 하지 못한 질문을 마저 한 셈이었다.

"저, 대성이가 살다 온 곳은 어딘가요?"

"그건 와 자꾸 묻소? 서울 제 이모네 집에 가 있다 쫓겨왔수다. 그러구두 한 이태나 핵꼴 안 댕겨서 다 이렇게 됫디요."

대성이네 집을 방문하고 온 날부터 나는 또 앓았다. 종종 앓는 몸살이었지만 이번에는 좀 심했다. 꿈에 엄청나게 큰 눈을 가진 무슨 짐승이 금방 대성이 얼굴이 되어 달려들어서 기를 쓰고 도망 다니다가 잠을 깨곤 하였다. 전등불도 켜 있지 않은 캄캄한 어둠 속에서 홍건히 내밴 땀이 파도 소리에 차갑게 식고 있었다. 누가 옆에 좀 있어 주었으면―. 서울 엄마가 아시면 당장 짐싸들고 올라와 시집이나 가라고 난릴 텐데.

이 선생의 얼굴이 떠오른다. 밤 갈매기 울음소리가 창문에 와 부딪는다.

나흘째 되던 날, 아직 휘청거리는 다리로 학교에 나갔다. 아이들이 이 선생을 버리고 달려와 치맛자락에 매달린다. 대성이만 그 자리에 선 채 이쪽을 바라보고 있다.

'하지만 어떻카갓소. 기래두 내 새끼ㄴ데……'

대성이 아버지의 내뱉듯 하던 말이 생각난다. 그런데……, 나는 생각해 본다. 대성이가 실제로 무엇을 어떻게 하였단 말인가? 왜들 대성이를 가지고 벌레 보듯 하는 것일까? 왜들 이라니? 나 말고 누가 대성이를 벌레 보듯 한단 말인가? 아이들 하고 한 번 싸웠다는 것을 가지고 아이들 모두가 대성이를 그렇게 여긴다고 할 수는 없는 일이다. 아이들이 싸우는 일은 늘 있는 일이다. 여자아이들에게 공연한 심술을 부리는 것도 그렇다. 남자아이들이 여학생들에게 공연한 심술을 부리는 일은 늘 상 있는 일이 아닌가? 나는 옆으로 도리질을 하여 생각을 떨어 버리며 대성이를 향해 손을 흔들어 불렀다.

"대성이도 이리 와야지요?"

건강을 회복하고 대성이에 대한 공연한(?) 걱정도 얼마간 진정된 듯싶던 어느 날 나는 다시 대성이의 끔찍한 장난을 목격하게 되었다.

마침 중간고사를 치르고 있던 때라 아이들은 오전 중에 시험을 끝내고 일찍 돌아갔다. 나는 텅 빈 교실에서 오후의 비낀 햇살을 받고 하얗게 출렁이고 있는 바다를 멀리 내려다보고 있었다. 그때 운동장 한 모퉁이에서 떠들고 있는 아이들이 보였다. 무엇들을 하는 것일까, 집으로 돌아가 시험공부들이나 하지 않고.

빙 둘러선 아이들이 무엇인가 가운데 있는 것을 들여다보고 있었다. 가끔씩 와, 와 함성도 질러댄다. 싸움질을 하고 있는 것 같지는 않았다.

또 한 번 아이들이 와, 하고 함성을 지르는 것과 동시에 이때까지 가운데 파묻혀 있던 아이가 머리를 불쑥 내밀고 일어선다. 그 아이의 팔 하나가 공중으로 번쩍 치켜 올려졌다. 동시에 또 한 번 아이들이 와, 하고 함성을 지른다. 팔을 올리고 있는 아이의 손에 무엇인가 들려져 있는 모양이었지만 거리가 멀어서 무엇인지 알아볼 수는 없었다. 그런데 그는 다름 아닌 대성이가 아닌가?

나는 그가 대성이라는 것을 알아본 순간 어느새 운동장을 향해 급히 달려 나가고 있었다. 왜 그랬는지는 모른다. 전에 동수가 교무실로 뛰어 들어와 대성이가 싸우고 있다고 소리 질렀을 때와 같은 심정이었을지도 모른다.

누군가 나를 발견하고 선생님 오신다고 소리를 질렀다. 아이들이 두 쪽으로 쪽 갈라서며 길을 내주었다. 순간 나는 악, 하는 소리와 함께 그 자리에 멈춰 서고 말았다. 그리고 정신을 잃었다. 수위 아저씨가 나를 업어다 의무실에 뉘이고 찬 물수건을 얹어주었을 때에야 나는 정신을 차릴 수 있었다. 대성이가 한 팔 길이나 되는 뱀을 팔에서 풀어내 가지고 새끼줄이라도 흔들 듯 거만한 태도로 흔들어 보이며 내 앞을 유유히 지나가는 모습이 공포영화의 한 장면처럼 눈앞을 스치고 지나간다.

파도가 밀려와 발밑을 간지르고 있다.

"저, 혹시 말입니다……."

이 선생이 다시 그의 총명하게 짙은 눈빛으로 나를 바라보며 조심스럽게 입을 연다.

"대성이가 김 선생에 대한 애정을 그런 식으로 표현하고 있다고 생각해 본 일은 없습니까?"

"네? 애정이라구요?"

나는 거의 이성을 잃고 소리를 질렀다. 이 선생이 난처한 얼굴로 잠시 멍하니 나를 바라본다.

"말도 안 돼요. 선생님은 어떻게 그런 상상을 다 하세요? 애정이라니요? 애정이란 말을 그런데다 막 써도 되는 건가요?"

나는 단호하게 말했다. 그러나 이 선생은 또 동문서답이다.

"김 선생님 교회에 다녀 보신 일 있으십니까?"

"무슨 말씀이세요, 그건 또?"

"교회요. 예배당 말입니다."

"어렸을 때 몇 번 가 봤어요. 근데 그게 무슨 상관이에요?"

"교회에서 사랑에 관한 얘기를 자주 하지 않습니까? 대성이 같은 아이에게 필요한 사랑이 아마 교회에서 말하는 그런 종류의 사랑이 아닐까 하는 생각이 들어서 드리는 말씀입니다. 사랑받을 자격 같은 것을 따지지 않는 무조건적인 사랑 말입니다. 대성이가 왠지 의지가지 없는 애 같아 보이지 않습니까? 부모가 다 계신데도 말입니다."

중간고사가 끝난 이틀 후 대성이가 나무에서 떨어졌다. 연락을 받고 운동장가로 달려나갔을 때 대성이는 정신을 잃은 듯 나무 밑에 쓰러져 있었다. 나는 이것저것 생각할 새 없이 대성이를 등에 업고 의무실로 달려갔다. 대성이의 몸은 불처럼 뜨거웠다.

"째끼, 혼자 으시대다 그랬지 뭐."

의무실까지 따라 들어온 아이들을 몰아내고 나는 대성이의 상처를 살펴보았다. 상체에는 아무 이상이 없었다. 하체를 살피던 내 눈에, 긁혀서 피가 내배인 넓적다리 중간쯤의 안쪽이 발견되었다. 나는 그곳을 들쳐보았다. 상처는 대성이의 짧은 반바지 안쪽으로 올라갈수록 깊고 거칠었다. 나는 대성이의 허리띠를 풀고 바지를 내렸다. 상처는 사타구니 깊숙이까지 파고 들어가서 거기서 진물 흐르듯 피가 흐르고 있었다.

나무에서 미끄러져 내리며 돌출된 웅이에 긁힌 모양이었다. 아니 그로 인해서 나무에서 떨어진 모양이었다.

나는 약품 진열장을 뒤졌다. 의무담당 교사조차 따로 없는 시골 학교의 의무실이고 보니 약품인들 신통한 것이 있을 리 없었다. 다행히 붕산수와 머큐롬은 준비되어 있었다. 나는 붕산수로 우선 상처 자리를 씻어내기 시작하였다. 상처 자리가 워낙 국부 옆으로 깊숙이 패여 있어서 어쩔 수 없이 대성이의 고추를 한쪽 손으로 건드릴 수밖에 없었다. 나는 대성이의 고추를 한쪽 손으로 가볍게 상처 반대 쪽으로 밀어내며 다른 한 손으로는 솜에 붕산수를 찍어서 상처를 닦아냈다. 이만하면 됐겠다 싶어 일단 두 손을 대성이의 몸에서 떼어냈다가 다시 머큐롬을 바르기 위해서 대성이 쪽으로 돌아서던 나는 나도 모르게 흠칫 놀라고 말았다. 아랫도리를 홀딱 벗고 반듯하게 누워 있던 대성이 놈의 고추가 아까

붕산수로 사타구니를 닦아낼 때와는 달리 발딱 일어서 있지 않은가?

'요, 앙큼한 녀석!'

나는 솜 볼에 머큐롬을 듬뿍 찍어서 상처 자리에 대고 북 그어댔다. 대성이가 상처 자리가 쓰린 듯 으, 하고 비명 소리를 냈다.

한 열흘이나 지났을까. 그만하면 대성이의 상처 자리가 다 아물었겠다 싶을 때 대성이는 학교에 오던 길에 다시 팔꿈치를 깨어 가지고 왔다.

지난 번 나무에서 떨어진 사건이 있은 후부터 대성이의 나에 대한 태도는 급격히 달라지고 있었다. 무엇보다도 도전적이던 그의 시선이 볼품 없이 기가 꺾이고 있었다.

"어쩌다 또 팔을 다쳤니? 조심해야지요."

대성이는 아무 말도 하지 않았다. 지난 번처럼 상처를 씻어내고 약을 바른 후 붕대를 감아주었다.

"됐어요. 앞으로는 다치지 않도록 조심해요."

대성이는 입을 열지 않았다. 의무실을 나가는 그의 어

깨가 전에 없이 작고 초라해 보였다.

일요일이었다. 낮에 집에서 책을 읽고 있는데 마당에 웬 아이가 어른거린다. 대성이었다.

"어머, 대성이가 웬일이지요?"

나는 일어나 창문 밖으로 대성이를 내다보았다. 대성이의 손에 무슨 꽃다발 같은 것이 한 묶음 들려져 있었다. 자세히 보니 산딸기 묶음이었다.

빨간 딸기 송이가 작은 꽃송이처럼 푸른 잎 속에서 붉게 타고 있었다.

"너 산에 갔었구나?"

대성이는 입을 꼭 다문 채 발밑만 내려다보고 있었다. 그러더니 슬그머니 손에 들고 있던 산딸기 묶음을 발밑으로 떨어뜨린다. 떨어지는 산딸기 묶음을 따라 내려가던 내 시선에 산딸기보다 더 짙은 빨간 핏덩이가 대성이의 무릎에 엉겨 있는 것이 보였다. 순간 나는 가슴이 철렁 내려앉았다. 큰일났구나, 하는 생각이 머리를 때린다.

나는 급한대로 대성이의 무릎 상처를 붕대로 대강 묶어주고 대성이를 데리고 등대 아래 바위로 나갔다. 대성이가 자주 혼자 앉아 있곤 하던 곳이었다. 대성이는 웬일인지 그 자리를 몹시 좋아하는 눈치였다. 나는 좋은 말로 대성이 자신이 상처 자리를 짠 바닷물에 씻어내게 하였다.

집에 무슨 그럴만한 약품도 없었지만 그보다 다시는 대성이의 상처를 손질해 주어서는 안 된다는 생각이 들었기 때문이다. 이런 식으로 대성이가 자기 몸을 자꾸 깨뜨리다가 나중에는 어떻게 될 것인가? 이 선생이 이 사실을 알면 나를 얼마나 나무랄까? 잘해 준다는 것이 오히려 애를 이 지경으로 만들고 말았으니.

나는 다시 이 선생을 만났다.

"나는 이 선생님 말씀대로 결과가 좋아지고 있는 줄 알았어요. 그런데 이런 식으로 발전하고 말았으니 무서운 일이예요. 이젠 어떡하면 좋아요?"

"어떡하다니요. 이제는 일이 아주 쉬워진 것 아닙니까?"

이 선생은 대성이의 일은 이제 조금도 걱정할 일이 아니라는 태도다.

"쉬워지다니요? 그럼 이 선생님은 대성이가 다음 번에는 머리를 깨뜨려 가지고 와도 괜찮다는 말씀인가요?"

"대성이는 머리를 깨뜨려 가지고 오지 않을 겁니다. 김 선생님이 그 애의 어머니도 되어주고 누나도 되어준다면 말입니다."

나는 이 선생의 그 말에 무어라 입을 열 수 없었다. 아, 이 남자는 참 무서운 사람이로구나. 남의 아픈 데를 이런 식으로 꼭 집어내서 찌르다니!

나는 대성이가 나무에서 떨어진 사건이 있은 후 급격히 약한 모습으로 변화되는 모습을 바라보며 내가 소위 청운의 꿈이라는 것을 안고 첫발을 내딛었던 교사직의 실체가 과연 무엇이었는가에 대한 반성을 하지 않을 수 없었다. 사귀던 남자 친구와의 이별이라는 아픔 속에서 결정된 어촌 학교 부임이기는 하였지만 선생님으로서의 사명이 전혀 앞서지 않았다면 있을 수 없는 선택이 아닌가? 그런데 지난 2년여의 선생님 경험을 통해서 내가 발견한 교사상이란 어떤 것이었는가? 선생이란 결코 국어사전에 나오는 말뜻 안에 안주할 수 있는 그런 직분이 아니었음을 나는 지난 2년여 동안의 짧은 교직생활을 통해서 통감하고 있었다. 특별히 초등학교와 같이 나이 어린 아이들의 선생님, 그 가운데서도 일종의 벽촌이라 할 수 있는 외부와 단절되다시피한 작은 어촌의 선생님이라는 자리는 이 선생 말대로 어머니도 되어주고 누나도 되어주는 일이 없이는 안 되는 일이었다.

그런데 그 '어머니 역할' 이라는 것과 남자 선생의 경우 '아버지 역할' 이라는 것, 또는 '누나' 나 '형' 의 역할이라는 것이 일반적으로 말하는 그런 의미의 어머니나 아버지 혹은 누나, 형의 뜻이 아니라는 데에 교사직의 어려움이 있었다. 그것이 일반적인 의미의 어머니나 아버지 역할이라면 아직 결혼조차 하지 못한 나와 같은 처녀 선생으로서는 꽤 어려움을 느끼게 될 것이라고 누구나 다 동의해 줄 수도 있을 것이다.

그런데 교사직의 어머니 아버지 역할의 뜻은 그런 일반적인 의미가 아닌 '인간의 어머니', '인간의 아버지' 라는 뜻이었던 것이다. 다시 말하면 이 선생이 언젠가 말한대로 사랑받을 자격 같은 것을 논하지 않는 그냥 인간에 대한 인간의 사랑이라는 뜻에서의 어머니 역할이요, 아버지 역할이라는 의미였던 것이다. 그것은 일종의 십자가였다. 교사는 지식의 전달자이기 전에 먼저 근원적인 인간에 대한 긍정, 즉 '인간 긍정의 사도'가 아니어서는 안 된다는 것. 그것이 지난 2년 동안의 첫 교사 생활을 통해서 내가 절감한 교사직의 십자가였다. 대성이는 어쩌면 그 십자가의 실체를 나에게 보여주기 위해서 나타난 모델일지도 모른다는 것이 이 선생의 말뜻이 아닌가?

그런 일이 있은 후, 대성이가 이틀째 학교를 나오지 않았다. 나는 불안했다. 대성이에게 무슨 일이 생기면 그것은 전적으로 내 책임이라는 생각이 마음을 아프게 찔렀다.

대성이는 다음날도 학교에 나오지 않았다.

그날 저녁, 나는 더 참지 못하고 이 선생을 반 강요하다시피 앞세우고 대성이네 집을 찾아갔다. 나는 아직도 대성이가 무섭고, 그의 아버지가 무섭고, 그리고 대성이와 관련된 모든 분위기가 무섭기만 하였으므로 혼자 찾아갈 용기가 나지 않았다. 아, 아, 나는 아직 '선생님'이 아니다.

대성이는 전에처럼 집에 없었다. 이번에는 그의 아버지도 집에 있지 않았다. 대성이의 어머니인 듯한 나이든 부인이 퉁명스럽게, 깐놈 핵교는 무슨 놈의 핵교, 라는 투로 대성이와 관련된 일은 입도 떼고 싶지 않다는 태도였다. 이 선생과 헛걸음만 하고 돌아왔다.

그 다음날도 대성이는 학교에 나오지 않았다.

그날 저녁에 대성이 아버지가 불쑥 내가 묵고 있는 집 마당에 나타났다. 나는 내 눈이 의심스러워 마당에 서 있는 그가 정말 대성이 아버지인가 싶어 다시 확인해 보고 나서야 겨우 일어나 맞아들일 수 있었다.

"선상님, 우리 대성이 놈 좀 살려주시기요."

대성이 아버지가 아무렇게나 댓돌 위에 주저앉으며 한 첫마디였다. 취기가 있었다. 그는 이어서 또 이렇게 혀가 꼬부라진 소리로 중얼댄다.

"대성이 기놈이, 나 한테 제 에미 쥑인 웬술 갚겠다구 벼르고 있다 이 말이오."

나는 번쩍 고개를 들어 대성이 아버지의 얼굴을 바라

보았다. 방금 한 그의 말이 무슨 말인가 싶어서였다. 대성이 어머니를 죽이다니, 그러면 어제 그의 집에서 본 그 부인은 대성이의 친어머니가 아니었단 말인가?

"그놈 에미를 내레 죽였다 이 말이외다. 알갓소? 내 이때꺼정 아무한테두 안 한 소린데. 기래두 그놈 아 새끼래 내 새낀데 어떡카갓소. 사람 될 때꺼정은 해 봐야 하디 않캇나 이 말이오. 그놈 아이 새끼래 정말루 제 에미 웬술 갚갓다구 제 애비 가슴에 칼이라두 꽂는 날이믄 어떡카갓소? 안 그렇소, 여선상님?"

나는 오싹 한기가 느껴졌다. 바닷가인 이곳의 밤바람은 나에게는 언제나 차거웠지만 지금 내가 느끼고 있는 한기는 밖에서 느끼는 그런 한기가 아닌 가슴 안에서 느끼는 한기였다.

"그 에미나레 인물이 반반해개지구……, 끝내 화냥기를 못 버리구서니……, 그까탐에 제명대루 못살구……, 아니, 그런 게 아니구. 내레 나쁜 놈이야요. 내레 나쁜 놈이야요."

대성이 아버지의 애기는 자주 앞뒤가 잘 이어지지 않았으나 대강 다음과 같은 애기를 한 것 같았다.

대성이 어머니는 술집 여자였다. 그녀에겐 타고난 웃음기가 있었다. 그로 인해서 술집 언저리에 얹혀 살면서도 늘 그늘진 데가 없는 얼굴을 하고 있었다. 그 여자는 마치 뭇 사내들의 술잔에 웃음을 채우기 위해서 세상에 태어난 여자인 듯 웃음을 아낄 줄 몰랐다.

그런 그 여자를 대성이 아버지가 훔치듯 빼내어서 대성이를 배게 하였다. 그러나 대성이 어머니의 웃음기가 그것으로 사그라든 것은 아니었다.

대성이 어머니는 여전히 뭇 사내들의 술잔을 채우는 일을 삶의 낙으로 삼았다. 대성이 아버지는 그러는 그녀를 달래도 보고 손찌검도 해 보았다.

그러나 대성이 어머니는 그러는 대성이 아버지를 오히려 이상하게 여겼다. 네가 뭐냐. 내가 네 여편네라도 된단 말이냐. 나는 본래 술집 작부다. 몸 한 번 주구 애 하나 낳아줬다구 주인 행세하려는 거냐, 는 것이 대성이 어머니의 태도였다는 것이다.

그러던 한 3년 전, 오징어철이었다. 예년처럼 사방에서 배꾼들이 몰려들고 어촌은 활기를 띠기 시작하였다. 전에 없는 오징어 풍년이었다.

자연 술집 여자 하나를 놓고, 해마다 치르는 일이었지만, 눈에 보이지 않는 쟁탈전이 벌어지고 있었다. 그런데 대성이 어머니의 경우는 본인은 완강히 아니라고 생으로 잡아떼고 있었지만 어촌의 코흘리개까지 다 아는 대성이의 어머니인 것이 사실이었으므로 그 여자에 대한 수작들은 자연 비밀스럽게 진행되어 갔다. 그것이 화근이었다. 대성이 아버지의 가슴 속에 질투의 칼날이 번득일밖에.

"바쁜 철이댓디오. 자주 있는 일이였디만, 오징어가 연안으루 밀려들 때믄 가족들이 다 달려들군 했드랬는데 그날두 기랫댓시요. 긴데 내레 그 에미나 때문에 눈이 확 뒤집헤 있던 참이댓는데 오징어가 다 뭡네까. 종래 그 일 까타나 갸 에미 허구 다투다가 결이 나서 한 대 칵 줴 박는다는 거이 고만, 민한거이 배 밖으루 떠러데 버리구 말디 않았갓시요. ……그게 다 외다. ……시체두 메칠 지나서야 찾았는데, 벌써 알아볼 수두 없이 망가졌댓시요. 어촌에서 뱃놈이 물에 빠져 죽는 일이야 년중 행사였으니까니 그냥 넘어갔는데 아 대성이 그놈 아이 래 배 밑창에서 처음부터 끝까지 다 지케 본 걸 내레 그

땐 몰랐댓시오. 그때부터……, 서울 이모 집에 한동안
가 있다 와서두……, 대성이 그놈이 실제루 칼도 갈고
칼 꼬챙이도 맨들구 하는 거 선상님은 모를 거야요.”

나는 아직도 더 뭐라고 중얼거리고 있는 대성이 아버
지를 남겨둔 채 바다로 달려나갔다. 나는 지난 며칠 대
성이가 학교에 나오지 않는 동안에도 대성이가 어디에
가 있을 것이라고 짐작은 하고 있었다. 그러나 나는 그
동안 바닷가 산책조차 나가지 않았다.

나는 그만큼 대성이와 맞닥뜨리는 것을 무서워하고
있었던 것이다. 아니, 더 정확하게 말하면 나는 그 애로
부터 도망치고 싶었다. 나에게 대성이는 너무 힘에 부
친 아이였다.

그러나 지금 나는 이런 저런 것을 따질 겨를이 없었
다. 언젠가 대성이가 나무에서 떨어졌다는 전갈을 받았
을 때처럼, 아니 처음 그가 싸움질을 하고 있다는 전갈
을 받았을 때처럼 대성이는 지금도 나에게 그렇게 강하
게 부딪쳐 오고 있었던 것이다. 그리고 나는 처음부터
그랬던 것처럼 지금도 어쩔 수 없이 그 아이에게 맞부딪
쳐 끌려가고 있는 것이었다.

대성이는 과연 내가 짐작했던 대로 그 애가 늘 앉아서 엄마가 있는 곳을 바라보곤 하던, (나는 오늘 저녁에야 그 사실을 알게 되었지만), 그 바위 위에 무릎을 세워서 안고 앉아 있었다.

인기척에 놀란 대성이가 뒤를 돌아본다. 저녁 어스름 속에서 그 아이의 눈빛이 자주 그랬던 것처럼 아주 짧게 반짝였다가 금세 차갑게 식고 있는 것을 나는 놓치지 않았다. 그는 곧 본래 자세대로 바다를 향해 돌아앉는다.

나는 대성이 앞으로 돌아가 바다를 등지고 그 애 앞에 섰다. 저녁 파도가 사나운 기세로 내 등뒤에서 바위를 때리고 있었다.

대성이가 나를 올려다본다. 나는 그 애의 눈빛을 들여다보다가 문득 이런 생각을 한다.

'사람이 혼자인 것보다 더 아픈 일이 이 세상에 무엇이 또 있을까!'

그때였다. 대성이가 갑자기 무엇에 튕기기라도 한 듯 벌떡 일어나 내 품을 향해 뛰어든다. 내 허리를 감은 대성이의 두 손이 나의 등을 마구 때린다. 나는 그 애가 떼쓰며 달려드는 기운에 밀려 뒤로 주춤주춤 밀려난다.

내 뒤는 바위 경사이고 그 밑은 바다다. 나는 그런 식으로 바다에 빠져 죽을 수는 없었다. 그래서, 죽지 않기 위해서 나는 대성이를 힘껏 마주 끌어안고 파도 반대 쪽으로 대성이와 함께 넘어질 수밖에 없었다.

어떤 변신

밤새도록 얘기를 나누었지만 별 뽀족한 수가 없었다. 결국 헤어지는 것만이 다음 순서라는 것이 다시 확인되었을 뿐이었다. 영훈은 세면도구 등속이 들어 있는 간단한 백 하나를 들고 집을 나섰다. 밤새 노름을 하고 몽땅 털린 후 일어설 때와 같은 느낌이었다.

영훈은 차에 키를 꽂으며 피식 웃었다.

'제길헐! 꼭 그렇지 뭐야. 인생이란 결국 도박인 거야!'

차를 빼기 위해서 뒤로 고개를 꺾는데 아파트 문을 열고 서 있는 아내의 모습이 눈에 들어왔다.

'피장파장이지 뭐! 각자 새로 시작해 보는 거야.'

문득 노름판에서 자주 부딪치곤 하던 멕시칸 사내의 얼굴이 떠올랐다. 털리고 일어서는 날이면 자주 화장실에서 마주치곤 하던 친구였다.

임신부처럼 튀어나온 아랫배 때문에 지퍼도 제대로 못 잠그고 쩔쩔매는 꼴을 보며,

"거 사우나탕에 가서 살이나 빼지 무슨 짓이야 그래?"

이쪽에서 알은체를 하면,

"피장파장이지 뭘 그래! 그쪽은 맛사지팔러가 어울리겠는데?"

하고 제법 똑똑한 영어로 대꾸를 하곤 하였다.

'그래. 네놈 말이 맞다. 여편네나 나나 피장파장인 거야.'

아내는 별로 밉게 생긴 데는 없는 여자였다. 오히려 영훈은 아내의 코 위에 걸려 있는 작은 멸치 떼 같은 눈웃음으로 인해서 늘 가슴 언저리께가 편하게 느껴지곤 하였다. 그녀의 별나게 작게 보이는 입술도 영훈이 좋아하던 아내의 것들 가운데서 빼놓을 수 없는 하나였다. 사실 헤어져야 할 이유 같은 것은 아무것도 없었다. 영훈 편에서, 굳이 그것도 이유라고 들 수 있다면 이즈

음 아내의 그 작은 입술에서 너무 자주 맹렬한 속도로 튀어나오는 하나님 애기가 그 전부였다.

아내는 하나님을 만나 봤다고 주장하였다. 영훈은 아내의 하나님 애기 중에서도 이 대목이 견딜 수 없었다. 아내가 노름판에 미쳐서 돌아가는 영훈을 가리켜서 마귀가 씌워서 그렇다고 주장하는 것까지는 그런대로 참아줄 수 있었다. 어디에나 광신자들은 있게 마련이니까. 그 가운데 하나가 하필이면 내 여편네가 되었다고 해서 세상이 놀라 자빠져 주어야만 할 이유가 있는가?

그런데 아내가 하나님을 만나 보았다고 주장하는 대목에 와서 만큼은 영훈으로서도 어쩌는 수가 없었다. 갑자기 명치께가 콱 줴질러지는 듯한 느낌이 들면서 가래침이 콱 솟아 올랐는데 그걸 자기도 모르는 사이에 아내 쪽을 향해 칵 뱉아 버린 것이 그만 오늘과 같은 결말을 가져오고 만 것이었다.

그러나 정작 아내는 예수님이 십자가에 못 박힐 때도 마귀들이 그의 얼굴에 침을 뱉았다며 한 수 단위를 더 높이는 것이었다. 그리고 그것은 마귀들에게 돌이킬 수 없는 파멸이 되었다고 하였다. 그러므로 이것으로 당신과 나 사이도 끝장이 났다는 것이었다. 그러나 아내의 논리는 끝까지 종교적이었다. 아내는 그럼에도 불구하고 이혼만은 할 수가 없다는 것이었다. 아내의 주장인즉 자기가 헤어지는 것은 어디까지나 사탄이지 남편은 아니라는 것이었다. 그러므로 영훈이 편에서 집을 나가서 다행히 사탄을 떨쳐 버리면 돌아올 수도 있겠거니와 그렇지 못할 것이면 귀신이 저 갈대로 헤매 다니다가 끝장이 나고 말 것이라 하였다.

영훈 편에서 볼 때 아내의 병에는 약도 없어 보였다. 하나님을 보았다고 주장하는 것만 빼놓고는 어디 한 군데 옷매무새조차 흐트러뜨리는 데가 없는 아내였다. 그녀가 입만 다물고 있으면 아무리 용한 정신병 의사라도 어째서 그녀를 가리켜 광신자라고 하는지 이유를 알 수 없을 것이다.

그러므로 영훈으로서도 더 이상 어쩔 수가 없는 일이었다. 아직도 살길이 구만리장천 같은 나이에(영훈은 서른여섯이었다) 허구헌날 사탄 마귀 소리나 들어가며 살 수는 없는 노릇이었다. 아폴로 비행기가 벌써 몇 차례씩이나 하늘을 속속들이 뒤져보고 내려왔지만 아직

한 번도 거기 어디에 하나님이 버티고 앉아 계시더란 말은 없지 않았던가? 그런데 그 온 지구촌에서도 햇빛이 별나게 쨍 하게 밝은 캘리포니아에 와서 살면서 대낮에 으스스한 귀신 소리나 듣고 살아야 된다는 것은 이쪽이 그쪽보다 더 미치지 않는 한 있을 수 없는 일이었다.

구둣방으로 나온 영훈은 마침 토요일이었던 고로 핑계김에 일찌감치 〈크로스(Close)〉 팻말을 가게 문에 걸어놓고 구석방에 들어가서 우선 간밤에 설친 잠부터 한잠 넉넉히 자 두었다.

그날 저녁 무렵 영훈의 몸은 이미 라스베가스에 가 있었다.

비행기에서 내려오는 영훈은 그렇게 기분이 깨끗할 수가 없었다. 이것이야말로 해방감이라고 하는 그것이 아니었던가. 이제는 누구 하나 영훈의 라스베가스 출입에 대해 딴지 걸고 들어올 놈이 없었다. 사실 영훈은 지난 수개월 동안, 아니 파라과이를 떠나던 그 순간부터 바로 이 신바람나는 끗발 하나를 잡기 위해 골머리를 써왔다 해도 틀린 말이 아니었다.

아내가 하나님을 만났다고 주장하는 것이 영훈으로서

는 측은하다 못해 구역질이 나게 된 것도 사실이었지만 한편 이렇게 된 것이 오히려 잘됐다 싶은 생각이 아주 없지도 않았던 까닭은 바로 이 풍만한 라스베가스 해방감에 대한 기대 때문이었던 것이다. 아내가 단순히 예수를 믿으라고 하는 소리 끝에 하나님을 만나 보았다느니 어쩌구 하는 것이었다면 그쯤 못 들은 체 넘어가지 못할 만큼 끝내 속이 좁은 영훈도 아니었다. 그러나 아내가 한사코 걸고 넘어지는 것은 전적으로 라스베가스 귀신이었던 것이다. 사실은 그것이 문제였다.

아내의 눈에 비친 라스베가스는 온통 사탄 마귀의 소굴이었다. 성경에 나오는 무슨 소돔이라던가, 고모라 성보다 더 새까만 곳이라 하였다. 그러나 영훈에게는 이 세상에서 바로 그 〈소돔과 고모라〉 성보다 더 신바람나는 곳이 없었다. 그곳이야말로 가장 남자다운 사나이들만 모이는 곳이라고 생각되었다. 그렇지 않은가 말이다. 남자란 역시 어느 시대에나 호기 있게 살아야 하는 존재인데 도시에서는 여장 남자들 같은 얼간이들이나 모여서 살게 된 이 시대에 옛날처럼 장검 빼어 들고 휘둘러볼 끗발이라고는 사실 카드짝밖에 더 있느냐 말이다. 카드짝 하나에 사나이의 인생을 몽땅 다 걸어놓고 호기 있게 뽑아 보는 그 통쾌함. 영훈은 바로 그 통쾌한 성 〈소돔과 고모라〉를 향해 호기 있게 걸음을 옮겨 놓았다.

영훈 부부가 미국에 온 것은 5년 전의 일이었다. 그보다 3년 전에, 그러니까 8년 전에 그들 부부는 먼저 파라과이로 이민을 갔었다. 그것은 영훈 부부가 결혼식을 올린 후 불과 한 달도 지나지 않았을 때의 일이었다. 아내의 말대로 영훈이 '노름하게 하는 악령'을 받게 된 것은 바로 그 파라과이에서의 일이었다. 그런데 아내가 '예수 귀신'에 빠진 것도 같은 파라과이에서의 일이었던 것이다.

파라과이는 이웃에 브라질과 알젠틴이라는 놀기 좋아하는 한량들을 양 날개에 끼고 가운데 들어앉아 있는 곳이었으므로 오며 가며 한판 벌리기에는 딱 알맞은 조건을 갖춘 곳이었다. 그러나 영훈이 처음부터 '노름하게 하는 악령'을 받았던 것은 물론 아니었다. 노름은 고사하고 적진에 떨어진 낙하산 보급 물자 같은 신세가 되어

낯선 거리를 며칠 배회하던 영훈은 한 마디도 알아들을
수 없는 그곳 사람들의 '우노, 도스, 뜨레스(하나, 둘,
셋)' 어쩌고 하는 식의 말에 까닭 없이 비굴한 웃음으로
얼버무리며 멀쩡한 촌놈 노릇을 하고 있는 자신의 모습
을 발견하고는 그 길로 머리를 삭발하고 말았다. 그리
고 뛰어든 것이 옷가지를 들고 다니며 파는 일이었다.
'우노, 도스, 뜨레스'를 우선은 손가락으로 대신해 가면
서 초등학생처럼 착실히 말부터 익혀나갔다.
  그렇게 해서 영훈의 머리털이 제법 다시 가리마를 타
서 빗어넘길 수 있게끔 되었을 때 그는 재빠르게 옷 행
상에서 손을 떼고 헐값에 내놓은 식품점을 사들여 가게
주인이 되어 있었다. 그는 이제 '우노, 도스, 뜨레스' 어
쩌고 하는 식의 말을 못 알아들어서 히죽히죽 웃기만 하
는 일은 없게 되었다. 한결 살기가 편해졌다.
  그런 어느 날, 영훈이 한국에 있을 때 어쩌다 영화 속
에서나 한 장면씩 본 일이 있는 각목으로 다리를 버틴
둥근 테이블에 그 자신이 주인공이 되어 트럼프짝을 돌
리고 앉아 있는 모습을 발견하게 된 것은 전혀 예기치
못한 우연한 기회로 인해서였다.

　어느 날 영훈의 가게에 멀쩡하게 생긴 사내 하나가 찾아들어 왔었는데 그는 본국에서 무슨 관광산업조합이라는 것을 이끌면서 세계 관광산업 시찰 차 바깥 구경 좀 하는 중이라고 제법 묵직한 소리들을 늘어놓았다. 그러지 않아도 가슴 터놓고 한국식으로 된소리를 해 본 지 오랜 영훈이 도지개가 틀려서 막 혈압이 오르기 일보 직전이었던 참이라 자청해서 그 장 아무개라는 사내의 관광 안내역을 맡고 나서서 몇 번 노름판을 기웃거린 것이 그대로 ‘노름하게 하는 악령’을 받는 계기가 되고 말았던 것이다. 아내의 입에서 하나님을 보았다는 헛소리가 나오기 시작한 것은 바로 그 얼마 후부터의 일이었다.

　본래 영훈 부부는 종교라는 것에 대해서는 서로 완전히 서로 탓할 것이 없는 무신론자들이었다. 아내가 이민 길에 오를 때 독실한 불교신자였던 그녀의 어머니가 아내의 젖가슴 속으로 무슨 부적이라는 것을 찔러 넣어주는 것을 영훈도 보기는 하였지만 안 믿는데 있어서야 그런 것들이 있으나 마나 상관할 바가 아니었던 것이다.

　그런 아내가 갑자기 고장이 나기 시작한 것은 그즈음

그곳까지 번져와 있던 '부흥회'라는 요상한 바람 때문
이었다. 어느 날 이웃 동포의 인도로 그곳에 갔다 온 아
내가 불쑥,

"나 오늘 하나님 만났어요."

하는 것이었다. 그러나 영훈은 처음부터 그것을 장난
으로 받아주었다.

"그래? 어떻게 생겼는데?"

"정말이예요 여보!"

"글쎄 누가 아니래? 그러니까 어떻게 생겼냐고 묻지
않아?"

"여보, 나 이제부터 예수 믿기로 했어요."

"식은 밥만 먹이지 말구 잘해 봐."

장이라는 사내가 영훈에게 '노름하게 하는 악령'만
받게 해 주고 훌쩍 독일로 간다며 떠나간 후 영훈이 그
런 대로 잘 꾸려 가던 가게를 갑작스럽게 정리해 가지고
미국행 비행기에 몸을 싣게 된 까닭은 그 장이라는 사내
가 떠나 가면서 남긴 계시 같은 말 한 마디 때문이었다.

"노형 솜씨는 여기서 썩히긴 아까워. 라스베가스에나

가야 활갤 펼 텐데."

그 장이라는 사내의 진단에 의하면 영훈의 노름 솜씨는 실로 하늘로부터 타고난 것이라 하였다.

그렇게 해서 펄펄 뛰는 아내에게는 본래 우리들의 최종 목적지가 미국이 아니었느냐는 사실을 애써 상기시키며 그들 부부는 로스앤젤레스 공항에 두 번째 이민 짐을 부렸다.

미국에서의 새 출발은 파라과이에서보다 한결 살맛나는 것이었다. 무엇보다도 올림픽가는 한국의 어느 거리에 서 있는 것 같은 낯익은 풍경이어서 좋았다. 남들은 이런 거리 풍경을 가지고 미국에 온 것 같지도 않다고 시뻘은 소리들도 한다지만 영훈은 김치찌개 냄새나는 그 거리가 무엇보다 좋았다.

영훈은 이번에는 머리를 삭발하지는 않았다. 그러나 헐값에 사들였던 가게를 다시 헐값에 내놓고 왔으므로 파라과이에서 시작할 때보다 더 열심히 뛰어야지만 되었다. 다행히 파라과이에서 익힌 스페인어 솜씨로 멕시칸 지역에 있는 구둣방에 쉽게 취직이 되었다. 낮에는 그곳에서 열심히 구두를 팔아주고 밤에는 주유소에서 기름을 뽑아주며 돈을 벌었다. 아내도 입 다물고 열심히 재봉틀 다리를 꾹꾹 밟아주었다. 그렇게 3년을 뛰고 났을 때 그들 부부는 아쉬운대로 작은 구둣방 하나를 독립해서 차리고 나설 만큼의 돈을 모으게 되었다.

'노름하게 하는 악령'이 영훈에게 되살아난 것은 새로 낸 구둣방이 제법 활기를 띠며 자리를 잡아갈 무렵부터였다. 밤에 잠자리에 들면 꿈도 아닌데 눈앞에 각목으로 다리를 버틴 원탁 테이블이 나타나곤 하였다. 트럼프짝 섞어서 돌리는 사각사각 소리가 저녁 무렵의 부드러운 나뭇잎 소리처럼 귓속을 간지럽게 파고들었다. 미칠 지경이었다.

영훈의 구둣방은 본래 큰 자본을 가지고 시작한 장사가 아닌지라 장사가 숨통을 좀 여는 것 같기는 하였지만 떨어지는 만큼 다시 재투자를 해야 가게를 불려 나갈 수가 있었다. 그런데 그렇게 하는 것 가지고는 아무래도 영훈의 어깨에 좀처럼 힘이 들어가지 않는 것이었다. 그럴수록 밤에 자리에 누우면 각목으로 다리를 버틴 원탁 테이블 환상이 눈앞에 뚜렷이 떠오르곤 하였다.

'가서 끗발 하나만 건져오면 누이 좋고 매부 좋은 일

이 될 텐데.'

영훈이 이런 궁리에 빠져 있던 지난 7월 미국 독립기념일 연휴 때의 일이었다. 아내가 나가고 있는 교회에서는 산으로 금식기도를 간다고 하였다.

영훈의 눈치를 살피며 그 얘기를 하는 아내의 눈에는 벌써부터 그 이상한 빛이 발작처럼 번뜩이고 있었다. 언제나 아내가 하나님을 만나 보았다고 주장할 때면 나타나곤 하는 눈빛이었다.

영훈은 금식기도라는 소리에 달게 자던 낮잠이라도 깨인 듯 버럭 신경질부터 부렸다.

"무슨 소릴 하는 거야? 미쳤어? 남들은 연휴라고 갈비 쟁여 가지고 산으루 바다루 피크닉을 간다는데 날 잡아서 밥 굶으러 산엘 올라가? 거 미쳐두 좀 제대루들 미치라구 그래!"

그러나 그렇게 버럭 고함을 지르고 난 영훈의 가슴 저 밑바닥 근처에서 아주 정다운 얼굴로 손짓을 하고 있는 미소 하나가 있었다.

'야, 요것 봐라! 그거 교회 사업 치구는 꽤 쓸만한 건데? 그래, 잘들 갔다 오라구. 가서 맘 푸욱 놓구 쫄쫄 굶

고들 와요. 우린 그동안 라스베가스나 한 바퀴 휘이 돌
아보고 올 테니까 말야!'

이렇게 해서 영훈은 드디어 미국형 노름판에 진출하
는데 성공하게 되었던 것이다.

그 황금 연휴 사흘 동안, 이틀 밤을 꼬박 새워가며 파
라과이에서 익힌 기량을 있는대로 발휘한 영훈은 갈 때
보다 제법 배가 불러진 돈지갑을 안고 개선장군 마냥 집
으로 돌아올 수 있었다. 그러나 그 첫 번째의 괜찮은 수
확이 화약고였다. 영훈은 거의 매 주말마다 라스베가스
행 비행기에 재벌의 아들처럼 버티고 앉아 있게 된 것이
다. 라스베가스까지 자동차로 가면 여섯 시간은 족히
걸렸으므로 시간이 돈인 미국생활에서는 지혜로운 나
들이 방법이 아니라고 생각되어 비행기를 타게 되었던
것이다.

그러나 노름해서 부자 된 사람 본일 없다는 말대로 영
훈이라고 별 중뿔 난 재주가 있을 리 없었다. 더구나 자
주 토요일에도 문을 닫고 라스베가스를 돌아보고 오니
장사가 전과 같지 않았다. 아내와의 사이에서는 이미

맹렬한 기세로 '귀신 논쟁' 이 불붙고 있었다.

그러던 지난 주말의 일이었다. 아내가 관리하고 있던 저금통장마저 들고 나가서 깨끗이 날리고 돌아왔을 때 아내는 길이라도 떠날 사람처럼 옷을 깨끗이 차려 입고 앉아서 영훈을 기다리고 있었다. 아내는 지난 사흘 동안 남편을 위해서 금식기도를 했다고 하였다. 그리고 다시 하나님을 만났다고 주장하였다. 아내는 자기가 하는 말이 절대로 확실한 사실이라는 것을 강조하기 위하여 할 수 있는 모든 표현을 다 동원해 가며 설명하였다.

"여보, 전에 파라과이에서 내가 처음 예수 믿게 되었을 때 생각나요?"

영훈은 가만히 천장만 올려다보았다.

"그때는 사실은 나도 아무것도 몰랐어요. 다만 예수님이 계시다는 것만 알 게 되었을 뿐이었어요. 그뿐 예수님이 누구신지, 왜 그분을 믿어야 되는지, 그런 것은 하나두 몰랐어요."

"그런 것두 모르면서 하나님을 만나 보았다는 건 그럼 무슨 소리였어? 그게 벌써 수상한 것 아냐?"

영훈의 퉁명스런 대답에 아내는 잠시 입을 다물었다.

그러나 곧 영훈의 얼굴을 지그시 들여다보며 다시 입을 연다.

"여보, 당신 말예요. 내가 하는 말 웃지 말구 한 번만 들어주시겠어요? 그러면 내 말이 사실이라는 걸 당신도 알 게 될 거예요. 그렇게 되면 당신도 틀림없이 예수 믿고 노름에서 손을 뗄 수 있을 거예요."

"또 그 하나님 만나 봤다는 식의 얘길 할려구 그러는 거 아냐?"

"글쎄 여보, 내 애길 좀 들어 보세요. 내가 그런 얘기 한 다음부터 당신이 이상하게 생각하는대루 나한테 무슨 별나게 달라진 것이라도 있었나요? 내가 헛소리라도 한 일이 있나요? 애들 교육이라도 잘못 시켰나요? 아니면 당신한테 특별히 잘못한 일이라도 있나요? 만약 그렇지 않다면 당신이 그렇게 이상하게만 생각할 이유가 없지 않아요?"

"이거봐, 멀쩡한 대낮에 하나님을 만났다구 중얼거리는 소리보다 더한 헛소리두 있어?"

"그럼요. 있지요. 하나님을 만난 일도 없으면서 하나님을 믿는다구 한다면 그거야말루 헛소리지요."

"그건 또 무슨 소리야?"

"그렇지 않아요? 하나님이 정말루 살아 계신 분이라면 실제로 만나 볼 수도 있어야 할 게 아네요?"

"그래서 당신은 실제로, 그러니까 당신이 지금 나하고 이렇게 마주앉아 있듯이 하나님을 그렇게 만나 보았다는 그런 말이냐 말야 내 말은?"

"그런 건 아니예요."

"그런 건 아니야? 그럼 뭐야? 귀신이라도 봤다는 얘기야?"

"내가 다 얘기할 테니 들어 보세요. 신약성경 요한복음이라는 델 보면요, 이런 말씀이 있어요. 예수님의 제자 중에 빌립이라는 사람이 있었는데 꽤 똑똑한 사람이었대나 봐요. 하루는 빌립이 예수님에게 이런 청을 한 일이 있었어요. '주님, 우리에게 아버지를 보여주옵소서' 그러자 예수님께서 이렇게 대답하셨어요. '빌립아, 내가 너희들하고 이렇게 오랫 동안 같이 있었는데 그래도 아버지를 보여 달라고 하느냐. 나를 본 자는 아버지를 본 것인데 어찌해서 아버지를 보이라 하느냐' 여보, 내가 당신에게 말하고 싶었던 것은 바로 이 대목이예

요. 예수님을 본 사람은 하나님을 본 거나 마찬가지라
는 거예요."

"근데, 당신 그런 거 어디서 다 배웠어? 아니 관둬. 보
나마나 그 예배당이라는 데서 다 주워들은 소리겠지.
그런데 당신 얘기는, 그러니까 하나님을 직접 만났다는
건 아니구 대신 그 예수라는 사람을 만나 보았다는 그런
얘기 아냐?"

"직접이구 간접이구 그런 구별이 없어요. 하나님이
예수님이구 예수님이 하나님이니까요."

"그래 알았어. 그렇다구 쳐. 내 얘기는 그러니까 당신
이 만나 보았다는 그 하나님은 아버지 하나님인지 하는
그 하나님이 아니구 예수 하나님이었다 이 말 아냐?"

"그래요. 나는 예수님을 만났어요."

"그거야 바루. 이리치나 저리치나 마찬가지라는 거야
내 말은. 예수는 분명 2천년 전에 죽은 사람인데 당신이
어떻게 만나 볼 수 있느냐 말야?"

"여보, 조금만 더 내 얘기를 들어 보세요. 예수 믿는
사람들이 예수님을 만나 보았다고 하는 것은 육안으로
만나 보았다는 뜻이 아니에요. 예수님을 만난다는 것은

70

영적인 체험이예요. 아까 그 요한복음이라는 델 다시 보면요, 사람이 물과 성령으로 거듭나지 않으면 아무도 천국에 들어갈 수 없다고 되어 있어요. 그런데 육체를 통해서 난 것은 육이고 성령으로 난 것은 영이라는 거예요. 성경 말씀을 듣고 성령님의 감동으로 예수님을 믿게 되면 이것을 가리켜 예수님을 만났다고 하는 거예요.”

그날, 월요일에 시작된 아내의 설교는 금요일 밤까지 매일 저녁 계속 되었다. 그러나 영훈은 아무 감동도 받지 못했다. 대신 이것으로 아내와의 사이는 끝장을 낼 수밖에 없다는 결론만 얻었을 뿐이었다.

영훈에게 자동차 사고가 일어난 것은 그로부터 보름이 지난 후의 일이었다. 그동안 영훈은 구둣방 한구석에서 잠을 자면서 라면과 햄버거로 끼니를 때웠다. 그리고 주말이면 여전히 신바람이 나서 라스베가스행 비행기에 몸을 실었다.

사고가 나던 그날은 전에 없이 일찍 참패를 당하고 손을 털고 일어났다. 아직 주말의 중반이었으므로 돌아오는 비행기 안은 반밖에 손님이 타고 있지 않았다. 영훈은 텅 빈 비행기 안에서 갑자기 쓸쓸함을 느꼈다. 언젠가, 아, 그래. 그때 파라과이에서 어느 날 옷 행상을 나갔다가 당한 일이 생각났다.

아직 '우노, 도스, 뜨레스'를 손가락으로 그려가며 장사를 하고 있던 때의 일이었다. 그날따라 꽤 장사가 잘된다 싶었다. 그런데 마지막으로 들른 집에서 전혀 예기치 못한 봉변을 당한 것이다. 밖에서 문을 두드리자 문을 따고 나온 할머니가 별나게 친절하게 길을 비켜주며 들어오라고 하여 따라 들어갔는데 옷 보따리를 내려놓기도 전에 누군가가 뒤에서 다짜고짜 목을 감으며 팔을 비틀어 뒤로 수갑을 채우는 것이었다.

손목에 이미 수갑이 들어간 터라 반항도 못하고 돌아다보니 경찰관이 사나운 얼굴로 내려다보고 있었다. 후에 안 일이었지만 그날 바로 그 집에 도둑이 들어서 마침 경찰관이 나와 조사를 하고 있던 참이었고 영훈이 머리를 박박 밀고 있었으므로 수상하게 여겨 다짜고짜 수갑부터 채웠던 것이다.

그런데 열통 터질 일은 그 다음이었다. 경찰서로 끌려가 조사를 받는데 그 염병을 할 '우노, 도스, 뜨레스' 하는 식의 말을 한 마디라도 알아들어야 무슨 해명이고 나발이고 할 게 아닌가 말이다. 그때 귀가 따갑도록 공연히 호통만 쳐대는 경찰관들의 귀 설은 언어 속에서 느낀 깊이를 알 수 없었던 그 곤혹감. 바로 그와 같은 절망감이 지금 마지막 남은 몇 푼의 돈마저 호기 있게? 다 털리고 돌아가는 영훈의 가슴을 기다리고나 있었다는 듯 잔인하게 파고드는 것이었다.

문득 눈에 보이는 모든 것들이 다 낯설어 보였다. 마치 그때 '꽈뚜로' 어쩌고 하는 식의 고함을 질러대던 낯선 경찰관의 언어가 악몽처럼 낯이 설었듯이 〈소돔과 고모라〉 성이며 그 요란한 불빛들이며 춤과 노래와 그리고 이때까지 요술쟁이의 손바닥처럼 여겨지던 트럼프짝들이 갑작스럽게 날아가는 낯선 들판의 새떼처럼 허망하게 여겨졌다.

영훈은 비로소 아이들 생각이 났다. 아들 광호에게 낚시 약속을 어긴 것이 벌써 몇 번이었던가? 이런 그의 눈앞에 이번에는 딸 현실이가 나타나서 아빠는 거짓말쟁이라고 손가락질을 하고 있었다. 영훈은 악몽이라도 떨어 버리듯 벌떡 자리에서 일어섰다. 그러나 그곳은 좁은 비행기 안이었다. 영훈은 쓰러지듯 다시 자리에 몸을 내던졌다. 지나가던 승무원이 근심스런 표정으로 영훈을 들여다보았다. 그 늙은 여승무원의 얼굴을 보자 영훈은 아, 그거다 하고 생각이라도 난 듯 술을 청하였다. 영훈은 평소 술을 즐기는 편은 아니었다. 그러나 그날 로스앤젤레스 공항에 내린 영훈은 제법 취해 있었다.

운전대를 잡은 영훈은 어디로 가야 할지 알 수가 없었다. 우선 습관대로 가게가 있는 쪽으로 차를 몰아갔다. 그러나 그의 마음은 집이 있는 남쪽으로 차를 몰아가고 있었다. 시그널이 하나씩 다가올 때마다 그는 이번에는 남쪽으로 방향을 돌려야 된다고 생각하였다. 그래야 집으로 갈 수 있었기 때문이다. 그러나 그는 무엇에 끌려라도 가듯 여전히 집이 있는 방향과는 반대 방향으로 차를 운전해 가는 것이었다.

그렇게 몇 개의 시그널을 지나간 후였다. 영훈은 이번에야말로 차를 남쪽으로 돌려야 제대로 집을 향해 갈 수 있다고 생각하면서 마침내 깜박이를 오른쪽으로 주면서 우회전할 준비를 하였다. 신호등은 파란불이었다. 그러므로 영훈은 차를 멈출 필요 없이 그대로 서행하면서 우회전만 하면 되었다. 그러나 교차로 앞에까지 다가온 영훈은 마치 누구에겐가 운전대를 낚아채이기라도 한 듯 우회전하던 핸들을 갑작스럽게 꺾어서 급하게 직진해 가고 있었다.

그때였다. '와 아 앙!' 하는 높은 경적 소리를 들었다고 생각되었다. 그리고 타고 있던 차 옆구리를 어떤 괴물이 신호를 무시하고 달려와 박치기를 하는구나 라고까지도 생각한 것 같다. 그리고 브레이크를 밟은 발에 반사적으로 힘을 주었다고까지도 생각한 듯하였다. 그러나 영훈이 타고 있던 차는 용수철에라도 튕긴 듯, 마치 끗발 하나 건졌을 때의 희열감을 그림으로 그린다면 이런 것이 되겠구나 싶은 그런 모양으로 공중 회전을 하면서 날아가 길가에 버티고 서 있던 집채 같은 야자수를 그대로 들이박는구나 하는 희끄므레한 기억이 마지막이었다. 그 후는 깊은 적막이었다.

"그때 그렇게 해서 된 매를 맞았지요. 그런데 목사님. 하나님께서는 그때 제가 죽지 않을 만큼만 매를 때려주신 것 같아요. 그래서 이렇게 죽지 않고 다시 살아난 것 아니겠어요?"

사고는 오른쪽 다리가 어떻게 주워다 맞출 수조차 없
을 정도로 뼈가 박살이 나고 이빨 열일곱 개가 나간 것
은 차라리 목록에도 넣고 싶지 않을 정도로 몸 어디 한
군데 눈 뜨고 바라볼 만한 곳이 없었다. 산 것만도 기적
이라던 말이 바로 이런 경우를 두고 하는 말이었구나 싶
었다.

"그런데 목사님. 그때 기적적으로 의식을 회복하게
되었을 때 저는 아주 새로운 사실 하나를 발견하게 되었
습니다. 다른 게 아니구 제가 기억상실증 같은 증상을
갖게 되었다는 것이었지요."

영훈은 남의 애기라도 하듯 가볍게 웃으며 말했다.

"그랬습니까? 그럼 그것두 지금은 다 회복이 되었나
요?"

심하게 다리를 절고 있는 영훈의 옆에서 천천히 산비
탈을 걸어 내려오며 김 목사가 이렇게 말을 받았다. 영
훈은 저는 다리를 잠시 멈추며 김 목사를 바라보았다.
금방 어딘지 쓸쓸해 보이는 얼굴이 되어 있었다. 그러
나 곧 다시 웃음 띤 표정이 되며,

"아닙니다 목사님. 아직 회복이 안 되었습니다. 그리고 영원히 회복이 안 되기를 바라고 있습니다."

"그건 또 무슨 말씀이십니까?"

"목사님. 저는 옛날의 그 영훈이라는 사람은 이 세상에서 아주 죽어 없어진 사람이기를 바라는 겁니다. 영훈이란 사람은 그때 자동차 사고로 죽은 겁니다. 그러므로 죽은 사람 생각은 이제 더 이상 하고 싶지 않은 것이지요. 병원에서 의식이 회복되었을 때 제 눈에 제일 먼저 들어온 것이 무엇이었는지 아십니까? 저 자신의 시체였습니다. 사실 그때 제 몸뚱어리는 시체나 다름이 없었으니까요. 그런데 바로 그때 어찌어찌 연락이 닿아 아내가 병실에 들어섰는데, ……지금 생각해두 참 기가 막히는 일이었는데, 병실에 들어선 아내의 첫마디가 무엇이었는지 아세요? '당신 다음엔 죽을 차례' 라는 것이었습니다. 이미 죽은 거나 다름 없이 붕대를 수의 감듯 하고 누워 있는 남편을 보고 울부짖는 것이 아니라 이번에는 다행히 목숨은 건졌지만 다음 번엔 꼭 죽을 거라는 거예요. 어찌 들으면 아니, 그대로 저주 같은 말이었지 뭡니까? 참 지독하기도 하지요. 예수 믿으면 다 그렇게 되는 건지…… 그런데 그때 나 자신도 믿을 수 없도록 놀란 일은 옛날 같으면 그런 아내가 당장 죽이고 싶도록 분통스러웠을 텐데 그게 아니구 아내의 말이 아주 시원하게 느껴지는 거예요. 아니 그보다 한술 더 떠 나는 이미 죽었다고까지 여겨졌지요. 그러므로 다음 번까지 기다릴 필요두 없다는 것이었어요. 그러자 죽은 자신의 시체가, 아니, 좀 더 정확하게 말하면 자신의 과거 생활이 그렇게 역겹게 느껴질 수가 없는 거예요. 그 무슨 섬뜩한 느낌, 왜 그, 부모님이라두 돌아가시고 난 후에는 선뜻 시체에 손을 대기가 쉽지 않은 그런 느낌 있지 않습니까? 바로 그런 느낌이었지요. 그렇게 해서 결국은 저도 아내가 만나 보았다고 주장하던 그 하나님을 직접 만나 뵙게 되었던 것입니다."

저쪽 아래, 기도원 쪽에서 신도들이 부르는 찬송가 소리가 엷은 바람결에 실려 올라오고 있었다.

'어서 돌아오오. 어서 돌아만 오오.'

"목사님 예배시간 됐나 봅니다. 그만 내려가시지요."

* 미주 한국일보 신춘문예 입선작 1992년.

그 해 겨울은 참 추웠었네

우리는 아주 가난하게 산다. 오늘 저녁엔 쌀도 없다. 이런 일은 참 싫다. 가난해도 쌀하고 연탄만은 떨어지지 않았으면 좋겠다. 방이 작은 것도 괜찮고 구두가 다 닳은 것이어도 괜찮다. 그러나 쌀하고 연탄이 떨어지면 어쩔 줄을 모르겠다. 나는 배가 고파도 괜찮지만 옥이 때문에 견딜 수 없다.

나는 낮에 성우(聲優) 학원에 갔다 오는 일 외에는 종일 집에 있는 셈이니까 배도 덜 고프지만(그래도 배가 고프기는 하지만) 옥이는 새벽에 공장에 가서 저녁 6시나 되어야 돌아오기 때문에 얼마나 배가 고프고 또 힘들까. 그런 옥이를 생각하면 나는 바보가 된 듯 그냥 막 울고만 싶다. 하지만 내가 울면 옥이도 따라 울기 때문에 나는 억지로 울음을 참는다. 그리고 무슨 말을 하려고 하는데 그 무슨 말이 무슨 말인지 알 수가 없어서 아무 말도 못하고 만다.

나는 아무 나쁜 짓도 안 했다. 누구하고 공연히 싸운 일도 없고 나쁜 욕도 안 했다. 그런데 쌀만 떨어지면 나는 꼭 나쁜 짓을 하다 들킨 것처럼 옥이를 바로 쳐다볼 수 없다. 옥이는 쌀이 떨어졌다고 나보고 핀잔을 주지도 않고 화를 내지도 않는다. 옥이는 나보다 먼저 쌀이 떨어진 것을 알고 있고 내가 뭐라고 말하기도 전에 옥이는 활짝 웃으며 '미안해요' 라고 말한다. 그럴 때 옥이의 '미안해요' 라는 말은 미안할 때 미안하다고 하는 말하고는 다르다. 나한테는 꼭 '사랑해요' 라는 말로만 들리기 때문이다. 그 말을 하는 옥이의 표정은 '정말로 사랑해요' 라고 말할 때처럼 얼마나 예쁜지 모른다. 그러나 나는 내가 해야 할 말을 옥이가 먼저 해 버렸기 때문에 더욱 어쩔 줄을 모르게 된다.

언젠가는, 그날도 쌀이 떨어졌었다. 옥이는 손가방을

열고 '우리 이거 같이 먹어요' 라며 도시락 통을 내놓은 적이 있었다. 나는 그 속에 아침에 가져갔던 밥이 아닌 다른 무슨 음식이 담겨 있는 줄 알았다. 떡이라든지, 혹은 시장에서 파는 무슨 튀김 같은 것이. 그러나 도시락 뚜껑을 열고 보니 아침에 옥이가 싸갔던 밥이 고대로 들어 있지 않은가!

나는 그때 걷잡을 새 없이 터져 나오는 울음을 참기 위해서 벌떡 일어나 방문을 박차고 밖으로 뛰어나와 버리고 말았다. 옥이가 뒤따라 나와 내 팔 소매를 붙잡았지만 나는 뿌리쳐 버리고 막 달음박질을 쳤다.

나는 어디를 어떻게 헤매어 다녔는지 모른다. 밤늦게 돌아오자 꼬박 앉아서 나를 기다리던 옥이가 '잘못했다' 고 눈에 눈물이 가득한 채 빌었다. 나는 와락 옥이를 끌어안았다. 그리고 통곡했다. 잘못했다니? 이 바보야! 누가 할 소릴 누가 하는 거야? 그러나 나는 그렇게 말하지는 못했다. 그냥 엉, 엉, 소리내어 울기만 하였다.

나는 군대에서 제대한 지 두 달이 지났다. 내가 군대에만 안 갔어도 우리는 지금처럼 가난하지는 않았을 것이다. 정말이다. 내가 군대만 안 갔어도 지금쯤 훌륭한 기술자가 되어 절대로 옥이를 밥을 굶기는 일은 없었을 것이다. 그런데 생각지도 않았던 영장이 나와서 거의 다 배워 가던 셈방(선반)기술을 못 배우게 되었고 옥이도 이렇게 고생시키게 되었던 것이다.

아, 아, 이놈의 군대만 없었다면…… 나는 군대생활하는 동안 몇 번이나 그런 생각을 하였는지 모른다. 엠 원 소총을 들고 사격 연습을 할 때도 나는 옥이를 생각하였고, 맨 땅에 납작 엎드려서 적진을 향해 몰래 기어가는 연습을 할 때도 나는 옥이를 생각하였다. 아, 아, 이놈의 군대만 없었다면…….

그러나 나는 군대에서 도망갈 생각은 절대로 하지 않았다. 도망가는 것은 나쁜 짓이니까. 그래도 옥이가 얼마나 얼마나 보고 싶었는지 모른다. 나는 군대도 싫고 군대가 싫을수록 옥이가 더욱 보고 싶어 견딜 수가 없었다. 그래서 군목(군인 목사님)을 찾아간 일도 있었다.

나는 목사님에게, 군대생활도 싫고 옥이가 보고 싶어 죽을 지경이다. 무엇보다도 옥이는 내가 없으면 못 사는 여자라고 말하고, 이어서, 나는 한 번도 내가 군인이 된다는 것을 생각도 해 본 일이 없는데 왜 내가 군인이 되어야 하는지 알 수가 없다고 말하다가 그만 눈물 방울을 뚝 떨어뜨리고 말았다.

목사님은 내 손을 꼬옥 잡아주셨다. 목사님의 손이 무척 따뜻했다. 그래서 그런지 군복을 입고 있고 계급도 높은 목사님이 군인이 아닌 동네 아저씨 같이 느껴졌다.

"누구라도 군인이 되는 걸 좋아하는 사람은 없다네. 나도 군인이 되는 걸 좋아하지 않았지. 그렇지만 모두 다 군인이 되기 싫다고 안 한다면 전쟁이 일어났을 때 누가 우리나라를 지켜주겠는가? 나라를 잃는 것은 군인이 되는 일이 싫은 것보다 더 싫은 일이기 때문에 모두들 참고 군인이 되는 걸세. 김 일병도 그래서 군인이 된 것이 아닌가?"

목사님은 그렇게 말하고 내 이름과 소속부대를 자기 수첩에 적고 꼭 기억해 둘 테니 언제라도 마음 상할 때면 또다시 와서 애기해도 된다고 하였다.

그 며칠 후 나는 중대장실에 불려갔다. 중대장님은 대뜸 나보고 휴가를 갔다 오라고 하였다. 그리고 중대장님은 나에게 명령하듯 말하였다.

"김 일병! 무엇 때문에 귀관에게 휴가 명령을 내리는

지 알겠는가?"

"넷!"

나는 얼떨결에 대답하였지만 대답할 말은 없었다.

"무엇 때문인가?"

"모르겠습니다!"

"군인은 휴가도 작전이고 명령이다. 김 일병의 휴가 중 작전 임무는 아들 하나를 꼭 만들어 놓고 오라는 것이다. 이것은 박 대통령 각하의 특명이다. 알겠는가?"

"넷!"

나는 차렷자세로 대답하였다.

그러자 나를 중대장실로 데려갔던 선임하사가 먼저 웃음을 터뜨렸고, 이어서 행정반에서 일하던 행정병들이 웃음을 터뜨렸고, 마침내는 중대장님도 껄껄, 웃음을 터뜨리고 말았다.

군대생활하는 동안 나는 군대 가기 전에 배우던 셈방 기술을 다 잊어 버리고 말았다. 그러나 다시 기계를 만지면 금방 다시 배울 수 있을 것 같았다. 그래서 나는 제대하자 마자 전에 일하던 공장을 찾아갔다. 그러나 그 사이 공장 주인도 바뀌고 같이 일하던 사람들도 한 사람도 없었다.

나는 낯선 주인에게 사정 얘기를 해 보았지만 지금은 자리가 없어서 채용할 수 없다는 말만 들었다. 그리고 돌아서 나오는데 주인은, 군대까지 갔다 온 사람을 어디서 견습공으로 받아주겠느냐며, 공장 일을 배우기에는 나이를 너무 많이 먹었으니 차라리 장사 길로 들어서는 게 어떻겠느냐고 걱정해 주었다.

나는 할 수 없이 노동 일을 하기로 하였다. 옥이가 공장에 나가서 돈을 벌어 오기는 하지만 옥이의 월급만 가지고는 한 달에 월세 5백원밖에 안 하는 우리들의 열차방(둘이 간신히 누울 수 있는 열차 칸 같이 생긴 방) 세를 내기도 어려웠다. 나는 집 짓는 공사장을 찾아갔다. 지금까지 안 해 본 일이 없고 군대까지 갔다 왔으므로 집 짓는 일도 자신 있었다.

그러나 나는 집 짓는 일도 그날로 고만두지 않으면 안 되었다. 옥이가 너무나 슬퍼하기 때문이었다. 내가 그날 집 짓는 공사장에서 막노동을 마치고 집으로 돌아왔을 때의 일이었다.

나는 옥이에게, 여보, 나 오늘부터 일하게 됐어, 라고 자랑스럽게 말하였다. 그런데 나를 바라보는 옥이의 눈이 똥그래지는 것이었다. 놀랄 때마다 하는 옥이의 버릇이었다. 그리고 옥이는 내 손을 만져 보고 내 어깨를 만져 보고 내 등을 만져 보고 그리고 내 바짓가랑이에 묻은 흙을 털어내다가 그 자리에 다리 죽 뻗고 앉아서 엉엉 울기 시작하는 것이 아닌가?

옥이는 내가 제대한 지 한 달도 안 되어서 쉬지도 못하고 막노동을 하게 된 것이 슬프다고 우는 것이었다. 내가 군대 가 있을 동안 자기가 돈을 많이 벌어놓았으면 이런 일이 없었을 텐데 자기가 돈을 많이 벌어놓지 못해서 이렇게 되었다면서 다 자기 잘못이라고 하였다.

옥이는 참 이상한 여자다. 나는 옥이에 대해서 무엇이나 다 알고 있지만 이것 한 가지만은 알 수가 없다. 옥이는 무슨 일이든지 다 자기가 잘못했다고만 한다. 분명히 내가 잘못한 일인데도 자기가 먼저 잘못했다고 말한다. 그러면 나는 더 할 말이 없어지고 만다. 그래서 어떤 때는 그것이 화가 날 때도 있다. 그래서 시무룩해지면 옥이는 더 잘못했다고 말한다.

그날도 마찬가지였다. 내가 군대 가 있는 동안 옥이가

돈을 많이 벌어놓지 못한 것은 하나도 옥이의 잘못이 아니다. 돈은 남편인 내가 벌어야 되는 것인데 내가 군대가 있었기 때문에 돈을 벌지 못한 것이니까 내 잘못이지 옥이 잘못이 아닌 것이다. 그런데도 옥이는 그것이 자기 잘못이라고 한다.

그뿐이 아니었다. 옥이는 나보고 다시는 막노동 하러 가지 말라고 하였다. 더구나 추운 겨울 동안 밖에서 하는 그 일은 절대로 안 된다고 하였다. 아무 일도 하지 말고 겨울 동안은 집에서 쉬다가 봄이 되면 다시 공장 일을 찾아서 전에 배우던 기술을 마저 배우라고 하였다.

내가 그럴 수 없다고, 이제부터는 옥이가 집에서 밥도 짓고 빨래도 하고, 내가 나가서 돈을 벌어 오겠다고 말하자, 옥이는 그러면 죽어 버리겠다고 하였다. 나는 옥이의 말을 들을 수밖에 없었다. 그래서 막노동이 아닌 다른 일을 찾아보게 되었다. 옥이가 죽어 버리겠다는 말은 정말이기 때문이었다. 옥이는 그런 여자였다.

옥이와 내가 결혼을 한 것은 내가 군대 가기 1년 전 가을의 일이었다. 우리는 사실은 결혼식도 하지 못했다. 옥이는 내가 다니던 공장 옆에 있는 제품 공장의 시다

(재봉사 보조)였다. 언제나 하늘색 작업복을 입고 다녔다. 머리는 단발보다 조금 길게 길러서 두 갈래로 나누어 여학생처럼 양쪽으로 늘어뜨리고 다녔다. 그래서 더 조그맣게 보이고 그래서 더 귀엽게 보이는 소녀였다. 결혼을 할 그런 숙녀로는 안 보였다.

그러나 우리는 매번 만났다가 그냥 헤어지기만 하는 일은 더 이상 할 수 없을 정도로 서로 너무나 너무나 사랑하게 되었으므로 같이 살 수밖에 없었다. 우리는 같이 있지 않으면 아무 일도 하지 못했다. 만났다 헤어지는 순간부터 아무 일도 손에 잡히지 않았다. 눈앞에 떠오르는 것은 서로의 모습뿐이었다. 하루 종일 서로에 대한 생각만이 봄 나비처럼 눈앞을 어지럽게 날아다녀서 아무 일도 할 수가 없었다. 거기다가 가슴은 왜 그리 하루 종일 쿵쾅거리고 뛰는지. 숨도 가쁘고 정신마저 몽롱해졌다. 꼭 독한 술에 취한 것처럼. 심지어는 꿈 속에서조차 서로에 대한 생각뿐이었다. 이러다가 꼭 죽을 것만 같았다.

그래도 나는 결혼할 준비가 안 되었으므로 결혼을 할 수가 없었다. 그러나 옥이는 막무가내였다. 내가 기술자가 될 때까지만 더 기다리자고 말하자 옥이는 그러면 죽어 버리겠다고 하였다. 그리고 그날 이후 옥이는 정말로 나를 다시는 만나 주지 않았다. 나는 그때 얼마나 혼이 났었는지 모른다. 나는 며칠 동안 옥이가 사는 방 밖에서 옥이가 퇴근해 오기를 기다린 끝에 겨우 옥이를 달래서 그날로 우리 둘만의 결혼식을 올리게 되었다.

그날 밤은 마치 우리 두 사람의 결혼을 위해 준비된 날이기라도 하듯 유난히 달이 밝은 가을 밤이었다. 우리는 명동성당 앞 동굴 앞에 있는 마리아상 앞에 무릎을 꿇었다. 옥이와 나는 믿는 사람은 아니었지만 우리가 결혼식을 올릴 만한 곳은 그곳밖에 없었다.

성모 마리아님, 오늘 우리는 둘이서만 마리아님 앞에서 결혼식을 올립니다. 그렇지만 이담에 돈 많이 벌면 꼭 친구들과 공장 직원들을 다 초청해서 다시 멋있게 결혼식을 올릴 겁니다. 그러니까 오늘은 우리 둘이서만 결혼식을 올리게 해 주세요. 우리는 이제부터는 죽어도 떨어져서는 못사니까요. 그러니까 성모 마리아님, 우리들의 결혼을 허락해 주세요. 그리고 축복해 주세요.

기도를 마치고 나는 옥이를 바라보았다. 옥이도 나를

바라보았다. 우리는 말없이 환하게 웃었다. 그것으로 우리들의 결혼식은 끝났다.

결혼식을 마치고 돌아서 오려다가 깜박 잊은 것이 있어서 나는 옥이 손을 잡고 다시 성모 마리아님 동상 앞으로 갔다.

성모 마리아님, 깜박 잊은 것이 있어서 다시 왔습니다. 이제부터 우리 둘은 어떤 일이 있어도 절대로 헤어지지 않게 해 주세요. 죽을 때도 같이 죽게 해 주세요.

그렇게 결혼식을 올린 다음 해 여름에 나에게 생각지 않았던 군대 영장이 나왔던 것이다. 그때 영장만 안 나왔더라도 지금 옥이를 이렇게 고생시키지 않을 텐데. 그러나 이런 말을 또 해 봐야 무슨 소용이란 말인가.

그렇지만 옥이는 얼마나 나를 사랑하는지 모른다. 나도 그렇다. 우리는 정말 서로가 없으면 못 산다. 사랑만 먹고 살 수 있는 방법이 있다면 참 좋겠다. 정말로 그런 세상은 없을까, 그런 세상이 있다면 옥이하고 우리가 세상에서 제일 가는 부자가 될 텐데. 우리한테 사랑은 얼마든지 있으니까. 그러나 나는 지금 당장 오늘 저녁 밥 지을 쌀이 없어서 걱정하고 있으니 이를 어쩐단 말인가.

그래도 나는 실망하지 않는다. 옥이도 실망하지 않는다. 내가 성우가 되어 방송국에서 일을 하게만 된다면 쌀도 많이 사고 구멍탄도 많이 살 수 있을 테니까.

나는 옥이가 막노동을 못하게 해서 다른 일거리를 찾아보았지만 배운 기술도 없고 학력도 중졸밖에 안 되었으므로 맞는 일자리가 없었다.

공장 일을 배우려면 견습공으로라도 취직을 해야 되는데, 그전에 일하던 공장 새 주인의 말대로 나이가 많아서 그것도 이제는 잘 안 될 모양이다.

나는 할 수 없이 군대 있을 때부터 가끔 혼자서 공상하던 성우가 되기로 마음먹게 되었다. 나는 라디오 방송극을 참 좋아한다. 방송극에 나오는 사람은 모두 다 사랑만 먹고 사는 사람들이다. 방송극에 나오는 사람들은 사랑이 아니면 할 말도 없고 할 일도 없다. 그들은 사랑 때문에만 잠도 자고 일도 한다. 그러므로 설사 무슨 오해가 생겨서 울고 다투게 되어도 대개 끝날 때쯤에는 서로 오해도 풀리고 모두 다 잘 되는 쪽으로 끝이 난다. 나는 그런 방송극이 참 좋다. 나는 이 세상이 방송극 같았으면 좋겠다. 사랑만 먹고 살 수 있는. 옥이는 내가 가끔 노래를 부르면 참 듣기 좋다고 한다. 옥이가 내 목소리를 듣기 좋아한다면 나는 꼭 성우가 될 수 있을 것 같았다. 내가 성우가 된다면 우리는 방송극처럼 사랑만 먹고 살 수 있을 것이다.

그러나 내가 성우가 될 때까지 옥이가 계속 공장에 나가야 될 일이 걱정이었다. 내가 군대 가 있는 동안 옥이는 일을 잘해서 초급 재봉사가 되었다. 월급도 올랐다. 그러나 두 사람이 먹고 살기에는 너무나도 부족한 돈이었다.

다섯 시가 되었다. 여섯 시가 되면 옥이가 돌아온다. 옥이는 새벽 어두울 때 일 가서 매일 열 시간씩 일을 한다. 열 시간이나 미싱을 돌리다가 오는 옥이를 밥도 못해 놓고 기다리면 어떡한단 말인가. 그런데 한 시간 안에 어디 가서 쌀을 구해 오나.

나는 외숙모네를 생각해 보았다. 외숙모는 내가 고아원 있을 때 삼촌이라고 부르던 직원의 아내다. 고아원 삼촌은 진짜 삼촌처럼 나에게 잘해 주었다. 내가 중학교까지 다닐 수 있었던 것도 삼촌의 도움이 많았다. 결혼한 후 고아원 일을 고만둔 삼촌네는 구멍가게를 하며 어렵게 산다.

나는 차마 발길이 떨어지지 않았다. 삼촌을 생각할 때는 언제나 마음이 밝았지만 외숙모를 생각할 때는 왠지 마음이 무겁기 때문이다. 더구나 돈 꿔 달라는 얘기를 어떻게 한단 말인가. 그뿐만이 아니다. 옥이가 만약 이 일을 알기라도 한다면 큰일이 나고 말 것이다. 옥이하고 나하고는 우리 동네 가게에서조차 절대로 외상을 갖다 먹지 않는다. 주인집에서도 쌀 한 톨도 꿔다 먹은 일이 없다. 그것은 옥이하고 나하고 사귈 때부터 수도 없이 다짐하였던 우리 둘만의 약속이었다. 우리는 꼭 우리 힘으로 일어나서 오히려 우리보다 더 어려운 사람들을 도와주는 사람이 되자고 우리는 몇 번이나 약속하였다.

그러나 외숙모는 어쩌면 그렇게도 내 맘을 몰라주는 것일까. 오늘은 담배 받아놓는 날인데 돈이 모자라서 이리저리 백방으로 뛰어다닌 끝에야 겨우 채워서 받아 놓았다며 내가 돈 애기를 꺼내기도 전에 한탄부터 늘어 놓았다. 거기다가 조금 있으면 일수꾼들이 몰려올 텐데 아직 물건 판 돈도 한푼 없으니 큰일이라고 돈 애기는 아예 꺼내지도 말라는 눈치였다. 그러면서 너도 집에서 먹고 놀지만 말고 니 색시 생각해서라도 어서 아무 데나 취직을 하라며 '금잔디' 한 곽을 내밀어준다. 나는 '금잔디'를 도로 담배 파는 창구 안에 놓고 외숙모 댁을 나왔다. 내가 군대에서 제대한 후 제일 먼저 한 일은 담배를 끊은 일이었다. 먹을 것도 없는데 담배를 사 피운다는 것은 옥이를 생각해서라도 말도 안 되는 일이었기 때문이다. 군대서는 화랑 담배를 배급 주니까 피웠지만.

나는 외숙모네 가게를 나왔다. 어느덧 거리에는 봄기운이 완연하다. 길 옆을 흐르고 있는 개울가에 이름 모를 갖은 풀들이 파랗게 돋아나 있었다.

어디선가 봄나물의 향긋한 냄새가 코를 적시며 불어오는 듯하다. 풀들아, 어서 어서 쑥쑥 솟아나라. 나물도 돋아나고. 나는 나도 모르게 개울가에 쭈그리고 앉아서 나물이라도 캐듯 연한 풀잎을 뜯는다. 그러자 왠지 마음이 따뜻해진다. 아주 아주 따뜻해진다. 따뜻한 봄의 손길이 내 등을 어루만져 주기라도 하는 듯.

나는 서둘러 집으로 돌아왔다. 옥이는 아직 공장에서 돌아오지 않았다. 나는 연탄 불을 살펴보고 솥에다 깨끗한 물을 받아 얹어놓는다. 뜯어온 풀을 물에 깨끗이 씻는다. 찬장을 열고 조그만 종지며 접시 등을 소반 위에 꺼내놓는다. 그리고 뜯어온 풀로 밥상을 차린다. 이것은 밥, 저것은 국, 그리고 또 이것은 김치, 아. 그리고 꽁치구이도 있어야지. 옥이가 좋아하는 거니까. 이제는 물만 끓으면 된다. 구수한 숭늉도 있어야 되니까.

그렇게 밥상을 차리고 있는데 옥이가 돌아왔다. 어머, 뭐하고 있는 거야? 옥이가 벌써 진달래꽃이라도 피어난 듯 환하게 웃으며 내가 차린 밥상을 들여다본다. 나는 소꿉놀이하는 아이처럼 자신 있게 대답한다. 응, 밥상 차리는 거야. 이제 다 됐어. 먹기만 하면 돼. 배 고프지?

나는 아까 외숙모 댁을 찾아갈 때처럼 바보가 아니어도 좋다. 할 말도 못하고 돌아온 벙어리가 아니어도 좋다. 어서 신발 벗고 방으로 들어와. 빨리 밥 먹어. 내가 그렇게 말하자 옥이가 신기해 죽겠다는 듯, 어쩌믄 당신 두— 라고 연신 놀란다. 이건 밥이구, 이건 국이야. 저건 옥이가 좋아하는 꽁치구이이구. 조금 있으면 숭늉도 끓어.

어쩜 밥두 국두 꽁치구이두 온통 파랗기만 하네.

오늘은 특별식이거든. 생일이니까.

생일? 누구 생일? 당신?

아니, 옥이 생일.

내 생일은 다음 다음 달인데?

그럼 우리 둘 다 특별 생일이라구 해.

옥이와 나는 밥상을 사이에 두고 마주앉는다. 아직도 노란 색깔이 조금은 남아 있는 갓 돋아난 파란 풀잎 냄새가 코끝에 향긋하다. 옥이는 정말로 먹기라도 하듯 손바닥 위에 풀잎을 올려놓고 몇 번이나 냄새를 맡는다.

많이 먹어요.

네, 당신두요. 참 맛있어요. 밥도 김치도 꽁치구이도.

그런데 참 이상한 일도 다 있다. 나는 언제부턴가 고개를 들지 못하고 있다. 또다시 바보가 되면 안 되는데. 정말 그러면 안 되는데. 나는 남편이니까. 내가 씩씩해야 옥이도 슬퍼지지 않을 텐데.

그때 옥이 쪽에서 훌쩍 코를 들이마시는 소리가 난 것 같은데 나는 그래도 고개를 들 수 없다. 이대로 다시는 옥이를 바라볼 수 없을 것 같다. 하루 종일 재봉 일을 하다가 온 배고픈 아내에게 풀 밥상을 차려주는 남편이 세상에 어디 있단 말인가? 그런 남편은 영화 속에도, 소설 속에도, 내가 좋아하는 라디오 방송극에도 없다.

그때 옥이의 코 훌쩍이는 소리는 마침내 흐느끼는 울음소리로 변하고 말았다. 나는 있는 힘을 다하여 고개를 들고 옥이를 건너다보았다.

방 안엔 전깃불이 환히 켜져 있었는데도 눈앞이 흐려서 잘 보이지 않는다. 옥이가 둘로 셋으로 다섯으로 보인다. 그 모든 옥이들이 하나같이 풀잎 밥상 위에 눈물을 뚝뚝 떨어뜨리고 있다. 옥이는 한없이 그렇게 울기만 한다. 옥이는 왜 저렇게 잘 우는 걸까.

얼마쯤 그렇게 시간이 흘렀을까. 옥이와 나는 풀잎 밥상을 옆으로 밀어놓고 나란히 자리에 누웠다. 잠이 오지 않는다. 옥이는 아무 말도 하지 않는다. 나도 아무 말도 하지 않는다. 작은 방 안은 산 속처럼 조용하다. 산 속엔 개울물 소리도 있고 산새 소리도 있을 텐데 우리들의 방 안엔 라디오 소리조차 없다. 아, 그래! 라디오라도 한 대 있었으면 얼마나 좋을까. 그러면 방송극도 들을 수 있고, 노래도 들을 수 있고, 또 노래를 따라서 부를 수도 있을 텐데.

나는 갑자기 자리에서 벌떡 일어난다.

우리 노래하자.

옥이가 눈을 뜨고 나를 올려다본다.

우리 노래하자.

내가 다시 옥이에게 말한다.

그래요. 노래 불러줘요.

옥이가 내 손을 잡는다.

나는 옥이 손을 잡고 옥이 옆에 누워 같이 노래를 부른다.

나의 살던 고향은 꽃피는 산골

복숭아꽃 살구꽃 아기 진달래

울긋불긋 꽃 대궐 차린 동네

그 속에서 놀던 때가 그립습니다

우리는 자꾸 노래를 부른다. 같은 노래를 자꾸 자꾸 부른다. 아, 아, 이대로 노래 속으로 들어갈 수만 있다면. 아, 아, 그랬으면 얼마나 얼마나 좋을까. 이 세상 어디엔가 노래 속으로 들어갈 수 있는 길이 없을까? 아마 있을 거야. 꼭 있을 거야. 그런 길이 있다면 옥이하고 내가 제일 먼저 노래 나라의 행복한 사람이 될 수 있을 텐데. 방송극처럼 사랑만 먹고 살 수 있는 노래 나라.

아무나 붙잡고 말하고 싶은 이야기

오래 전 일이었습니다. 나는 길거리에서 어떤 남자를 만났습니다. 낯선 남자였지만 나는 지금도 그 남자를 잊을 수 없습니다. 거리에는 가을비가 추적추적 내리고 있었고 시간은 밤 열한 시도 넘어 있었습니다.

"아저씨, 내 얘기 좀 들어 보세요."

그가 지나가는 내 팔 소매를 붙잡았습니다. 그는 아까부터 거기 서서 지나가는 사람들마다 붙잡고 무언가 자꾸 말을 붙이고 있었던 것입니다.

그런데 아무도 그의 말을 들어주는 사람이 없었습니다.

"아저씨, 아저씨는 아저씨의 부인이 다른 사람한테 더

럽혀져 본 일이 있습니까?"

그는 술이 취해 있었습니다.

"그런 일 없으시지요?"

그는 술 취해 비틀거리는 걸음으로 내 팔을 잡아 흔들었습니다.

"세상에 그런 일은 없지요? 없는 법이지요?"

그가 확인하듯 내 얼굴에 자기 얼굴을 바짝 들이대며 물었습니다.

"세상에 그런 법은 없는 법이예요. 암요. 없구 말구요!"

그는 곧 이렇게 스스로 결론을 내리며 고개를 떨어뜨렸습니다.

"그런데요, 아저씨."

그가 다시 고개를 들었습니다. 나는 왠지 그를 뿌리칠 수가 없었습니다.

"내 아내 진이에게 바로 그런 일이 있었다 이 말씀에요. 믿을 수 있겠습니까?"

그는, 실은 아까부터 울고 있었습니다. 나는 그래서 차마 그를 뿌리칠 수가 없었던 것입니다. 술 취한 사내의 눈물이란 대개가 피눈물이기 마련이니까요.

"무슨 말인지 아시겠어요? 아저씨?"

그가 또 한 번 역한 술 냄새를 내 얼굴에 껴얹었었습니다.

"나는 방금 월남에서 돌아왔거든요."

늦은 밤, 가을비에 젖은 길바닥을 불 밝힌 자동차들이 가슴 속에 서늘한 물 바퀴 자국을 남기며 연이어 지나가고 있었습니다.

"내가 월남에서 죽지 않고 살아 돌아온 건 순전히 진이 때문이었다 이 말씀예요. 아시겠어요?"

우리가 만약 술집에라도 마주앉아 있었다면 그는 아마 이쯤에서 술이라도 한 잔 더 꿀꺽 들이켰을 것입니다. 그러나 우리는 비 내리는 늦은 밤 어두운 밤거리에서 있었으므로 서로 술을 권할 기회 같은 것은 없었습니다. 그는 물기 마른 목청을 거칠게 돋구며(하도 말을 많이 하였으므로) 자꾸 무엇이라고 더 말을 계속하였고 나는 술 한 잔 권할 기회마저 없었으므로 속수무책으로 그의 말을 듣고만 있을 수밖에 없었습니다.

"아저씨, 아저씨가 집에 없는 사이에 아저씨의 가장

친한 친구가 아저씨의 부인을 더럽혀 버렸다면 아저씨
는 믿을 수 있겠어요?"

나는 이번에는 무엇이라고든 대답을 해야 될 것 같았
습니다. 그러나 다시 그럴 필요가 없었습니다. 그가 곧
또다시 스스로 대답을 하였기 때문입니다.

"나도 믿을 수가 없었어요. 창식이 놈은 국민학교 때
부터 내 동창생이었으니까요. 그러니까 창식이 놈은 내
가 진이를 알게 된 것보다 몇 배나 더 오래된 내 불알 친
구였다 이 말씀예요. 그런데 그 자식이 내가 월남에 가
서 진이랑 잘 살기 위해 돈을 벌고 있는 사이에 친구의
아내인 내 와이프를 더럽혔다는 말예요. 아저씨, 내 얘
길 믿을 수 있겠어요?"

그가 다시 비칠거리던 걸음을 멈추고 내 두 팔에 매달
리며 물었습니다.

"그런데 아저씨, 창식이 놈이 그런 말을 나한테 했다
면 나는 농담인 줄 알았을 거예요. 그리고 잊어 버렸을
거예요. 그런데 다른 사람 아닌 진이가 그 얘길 나한테
한 거예요. 믿을 수 있겠어요? 아저씨?"

그 젊은 사내의 술 취한 얼굴은 길가 상점에서 흘러

나오는 백열등의 불빛과 지나가는 자동차들의 헤드라이트 불빛의 명멸로 그가 토해내고 있는 비극 만큼이나 진한 명암을 그려내고 있었습니다.

"그런데 아저씨, 내 얘기는요, 그게 사실이라 하더라도 말씀예요, 진이는 잘못한 게 없지 않느냐는 이 말씀인 거예요. 아시겠어요 아저씨? 진이는 잘못한 게 없는 거죠? 맞지요? 진이는 스스로 더러워졌던 게 아니라 더럽혀진 것이니까요. 강제루요! 그래요, 그러니까 진이는 잘못한 게 없는 거 아니냐구요? 진이는 스스로 좋아서 더러워진 것이 아니었다, 내 말은 이 말씀예요. 그러니까 진이는 아직두 옛날의 진이 그대로다 이 말씀인 거지요. 아시겠어요 아저씨? 그렇지요 아저씨? 내 말이 맞지요 아저씨?"

나는 비로소 그 낯선 사내의 진짜 아픔이 무엇인가를 알게 되었습니다. 그는 아직도 진이라는 그의 아내를 너무나도 사랑하고 있었던 것입니다.

자기가 집에 없는 사이에 가장 친한 친구와 맺어서는 안 될 관계를 맺어 버린 아내. 그러나 그럼에도 불구하고 그 여자를 너무나 사랑하고 있었으므로 오직 그 이유

하나 때문에 그 모든 일들을 없었던 일로 여길 수 있는 아주 작고 가느다란 실 한 가닥 같은 희망이나마 붙잡고 늘어지지 않을 수 없는 죽음과 같은 고뇌. 그것이 그 젊은 청년의 아픔의 이유의 전부였던 것입니다.

"잘못한 건 진이가 아니고 바로 나란 말씀예요. 내가 죽일 놈이란 말예요. 아시겠어요 아저씨? 내가 진이를 혼자 버려 두고 월남에만 안 갔어두 이런 일은 없었을 것 아니냐 말예요. 안 그래요 아저씨?"

술 취한 그 낯선 청년은 그 말을 마지막으로 남기고 그때까지 아무 대답 한 마디도 못해 주고 있는 나를 버리고 다시 다른 사람을 향해 비칠거리며 다가갔습니다. 아마도 그날 밤 거리의 인적이 다 끊길 때까지 그 낯선 청년은 같은 말을 아무나 붙잡고 되풀이하고 또 하였을 것입니다. 나는 지금도 생각해 봅니다. 그날 밤 그 청년은 무슨 속 시원한 대답을 들었을까?

아내의 천국

아내가 죽은 후 김 목사는 더 이상 설교를 할 수 없었다. 그 까닭은 물론 아내의 죽음이 너무 슬펐기 때문이었다. 그러나 그 슬픔이 아무리 큰 것이었다 할지라도 사람들에게 늘 천국의 소망을 설교해 온 목사가 그 때문에 설교조차 못하게 되었다면 오히려 이상한 일이 될 것이다. 왜냐하면 그가 이때까지 해 온 천국의 소망에 관한 설교는 이 땅 위의 모든 슬픔과 고통을 초월하는 것이었기 때문이다.

그런데 김 목사가 아내가 죽은 후 더 이상 설교를 못하게 된 데에는 아내의 죽음에 대한 슬픔과 함께 그만이 아는 또 다른 이유가 있었기 때문이었다.

장례식이 끝난 후 위로차 방문했던 사람들도 다 돌아가고 난 후 텅 빈 아내의 방에서 아내가 쓰던 물건들을 정리하던 김 목사는 작은 보석상자 하나를 발견하게 되었다. 그것을 열어본 김 목사는 그 자리에서 갑자기 엉엉 울음을 터뜨리고 말았다.

김 목사는 그렇게 얼마 동안 크게 울었다. 마치 아내가 죽은 후 장례식이 끝날 때까지 목사 남편답게 사람들 앞에서 참고 있던 울음을 지금 다 터뜨리기라도 한다는 듯 김 목사는 그렇게 몹시 울었다. 그 작은 보석상자는 김 목사에게 그렇게 큰 슬픔을 안겨주었던 것이다.

아내의 유품들 중에서 그 작은 보석상자를 발견하는 순간 김 목사는 그것이 무엇을 의미하는가를 금방 알 수 있었다. 그것은 아내가 살아 있던 어느 날 아침의 일이었다. 그날은 마침 주일 아침이었다. 주일 아침은 김 목사에게는 1주일의 어느 날보다 바쁘고 긴장되는 날이었다. 아내도 언제나 주일 아침이면 남편과 교회를 위한 여러 가지 일로 바빴다.

그런데 그날 아침 아내는 예배시간이 다 되어 가는데

도 방에서 나오지 않았다. 김 목사가 이상히 여겨 아내의 방문을 열고 들어가 보니 아내는 화장할 때면 늘 앉곤 하는 작고 초라한 화장대 앞에 앉아서 무엇인가를 넋을 잃고 들여다보고 있었다. 아내의 모습이 너무나 평소 같지 않게 처연한 모습이어서 김 목사는 예배시간 다 돼 가는데 무얼 하고 있느냐고 말하려던 입을 그만 다물 수밖에 없었다. 그리고 아내가 그렇게 넋을 놓고 들여다보고 있는 것이 무엇인가를 알아본 순간 김 목사는 더욱 할말이 없어지고 말았다. 그리고 아주 오랜만에 목사 부인이 아닌 그냥 한 평범한 여자로서의 아내의 모습을 발견한 김 목사는 말할 수 없이 미안하다는 생각이 들었다.

아내가 그렇게 넋을 놓고 들여다보고 있던 것은 다름 아닌 아내의 작은 보석상자였다. 아마도 그날 아침 화장을 마친 아내는 무슨 반지를 끼고 교회에 갈까 생각하며 보석상자를 열어보았을 것이다. 그러나 그 보석상자 안에는 아내가 기쁜 마음으로 선뜻 손가락에 낄 수 있는 보석 반지가 하나도 없다는 사실을 누구보다도 김 목사 자신이 잘 알고 있었다. 그 작은 아내의 보석상자 안에 들어 있는 반지들은 아무 시장 골목이나 혹은 큰 길거리 어디에서라도 싼 값에 살 수 있는 싸구려 인조 보석 반지들 뿐이었기 때문이다.

김 목사는 아내에게 다가갔다. 목사 남편이 옆에 와 서자 그제서야 정신을 차린 아내가 남편을 올려다보며 "어머! 내 정신 좀 봐! 여보 시간 다 됐죠?" 하며 깜짝 놀라 앉은 자리에서 일어섰다. 김 목사는 가만히 아내의 두 어깨에 손을 얹으며 말했다. "여보, 미안해요. 이때까지 고생만 시키고, 제대로 된 보석 반지 하나 못 사주었으니." 김 목사는 잠시 입을 다물었다가 곧 얼굴을 펴고 기운을 내어 다시 이렇게 덧붙였다. "대신에 여보, 내가 이담에 천국에 가면 아주 아주 잘 살게 해 줄게!"

그것은 김 목사의 진심이었다. 정말로 아내에게 천국에 가서나마 잘 살게 해 주고 싶었다. 그런데 아내의 대답은 아주 뜻밖이었다. "당신두 참, 천국 가서 못 사는 사람도 있나요? 어서 교회나 가요 늦겠어요." 아내는 그렇게 말하며 김 목사를 바라보고 엷게 웃어 보였다.

그러나 그 순간 김 목사는 웃을 수가 없었다. 아, 그랬구나! 김 목사는 크게 충격을 받았다. 천국 가서도 못 사는 사람이 어디 있단 말인가?

그렇다면 나는 이 땅 위에서 아내에게 진 빚을 영원히 갚을 길이 없단 말인가? 그런 생각이 들자 김 목사는 더욱 아내에게 미안한 느낌이 들었다.

김 목사가 아내와 결혼한 것은 그가 목사가 되기 전의 일이었다. 그때는 물론 장차 목사가 될 것은 생각조차 해 본 일이 없었다. 당시 아내는 밝고 화사한 노란 색깔의 원피스를 날아갈 듯 즐겨 입던 글자 그대로 한 송이 꽃 같은 처녀였다. 그녀의 하늘에는 늘 밝은 태양이 떠올랐고 창 밖에서는 새들이 온갖 아름다운 노래를 쉬지 않고 불렀다. 아내의 인생에는 흐린 날이 없었다. 아내에게 있어서 인생의 진리란 바로 이렇게 밝고, 이렇게 아름답고, 이렇게 건강한 인생을 그렇게 밝고, 그렇게 아름답고, 그렇게 건강하게 사는 것이었다.

그런데 어느 날 갑자기 남편이 목사가 되었던 것이다. 그러자 아내의 그 밝고 아름답고 건강하던 세상은 하루아침에 어둡고 죄악된 세상이 되어 버리고 말았다. 남편이 그렇게 설교를 하기 시작한 것이다. 남편에게는 천국이라는 곳만이 영원히 밝고 아름답고 건강한 곳이었다.

그러나 남편이 그렇게 설교를 하는 것까지는 그래도 아직은 괜찮았다. 이 세상에 각종 죄악이 있는 것은 사실이고 또 천국이 이 세상보다 더 살기 좋은 곳일 것은 당연한 일일 것이기 때문이다.

그런데 아내에게 문제가 생기기 시작한 것이다. 아내의 천국은 그곳이 과연 그렇게 살기 좋은 곳이라면 이 세상에 사는 날 동안에도 그렇게 밝고 아름답고 건강하게 살아야 되는 것이었다. 왜냐하면 천국에 가려는 목적이 그것이니까.

그러나 남편이 그렇게나 좋다는 천국에 대해 설교를 시작하자 실제 생활은 그렇게 되지 않았다. 남편이 천국에 대해 설교를 하기 전에는 적은 봉급이었지만 남편이 일해서 벌어 오는 돈으로 요것 조것 맛있는 찬거리도 사다 만들고 예쁜 그릇들도 사서 모으며 조금씩이나마 저축도 해서 언젠가는 햇빛 밝은 언덕배기에 빨간 지붕의 양옥집 한 채를 살 꿈도 착실하게 키워 갈 수 있었다.

그런데 남편이 목사가 되자 그 모든 아름답던 세상이 하루아침에 먹장 구름에 덮혀서 예수가 십자가에 못 박혀 처형되던 날 그랬었다는 것처럼 아내의 인생에는 갑작스런 먹장 구름과 천둥 번개가 치게 된 것이다.

갑자기 생각잖았던 목사 사모가 된 아내는 다시는 즐겨 입던 노란 색깔의 원피스도 입을 수 없게 되었다. 목사 사모가 그렇게 화려한 색깔의 옷차림을 하면 교인들에게 은혜가 안 된다는 것이었다. 그래서 일부러 사람들 눈에 어둡고 칙칙하게 보이는 한참 유행이 지난 옷만 사 입어야 되었다.

벽에 걸어놓았던 빨래하는 소녀의 그림과 흰 구름이 떠 가는 목장의 그림들도 뜯겨져 내렸다. 그리고 피가 철철 흐르는 예수라는 청년의 십자가 그림이 그 자리에 대신 걸리게 되었다. 그뿐만이 아니었다. 아내가 눈만 뜨면 늘 새들처럼 따라 부르던 '봄의 소리 월츠' 같은 노래들도 금지곡이 되어 버리고 말았다. 그리고 어딘지 모르게 우울하고 슬프게까지 들리는 느린 곡조의 찬송가만 불러야 되었다. 그렇게 칙칙한 옷감으로 된 철 지난 옷을 입고 집안을 천둥 번개 치는 예수의 처형당하던 날처럼 꾸미고 그리고 슬프고 느린 곡조의 찬송가만 부르고 있어야 교인들에게 은혜가 되고 목사 사모답다는 것이었다. 아내는 그렇게 해서 눈에 보이지 않게 조금씩 죽어가고 있었다.

그 가운데서도 가장 아내의 가슴에 아픔이 된 일은 아내가 그토록 좋아하던 각종 반짝이는 진짜 보석 반지들을 다시는 껴 볼 꿈조차 꾸어서는 안 된다는 것이었다. 이 역시 목사 사모가 진짜 보석 반지를 끼면 교인들에게 은혜가 안 되기 때문이라는 것이었다. 그때까지만 해도 아내에게는 진짜 보석 반지는 결혼할 때 받은 작은 알맹이의 비취 반지 하나뿐이었다. 그의 남편은 그렇게 가난한 청년이었다. 그러나 아내에게는 보석 반지보다 더 믿음직스러운 젊고 씩씩한 남편이 있었다. 그 남편하고라면 언젠가는 그 작은 알맹이의 비취 반지보다도 더 좋은 보석 반지를 꼭 손가락에 낄 수 있게 될 것이라고 생각했었다. 그러나 남편이 목사가 되자 교회에서 주는 돈이 오히려 남편이 힘들게 하루 종일 나가서 일하고 받아오던 돈보다 더 적었다. 그러므로 목사 아내답게가 아니더라도 아내는 다시는 그 작은 알맹이의 비취 보석 반지보다 더 좋은 반지를 살 꿈을 꿀 수 없게 되었던 것이다.

아내에게는 이 모든 갑작스런 생활의 변화들이 참으로 알 수가 없는 일이었다. 이렇게 아름다운 세상을 창조하시고 또 사람들을 대신해서 십자가 위에 못 박혀 죽기까지 사람들을 사랑하신다는 하나님이 어째서 사람들이 이 아름다운 세상에서 그렇게 아름답게, 그렇게 밝게, 그렇게 건강하게 살면 안 된다고 하는 것인지 참으로 알 수 없는 일이었다.

성경에 보면 천국은 각종 보석으로 꾸며져 있는 곳이라고 하였다. 그리고 목사는 사람들에게 그렇게 좋은 천국이 있다는 사실을 가르쳐 주는 사람이다. 그렇다면 먼저 자기 아내의 손가락에부터 그렇게 아름다운 천국의 보석 반지를 끼워주어야 할 것이 아닌가? 그런데 남편은 오히려 결혼할 때 사주었던 값싼 비취 반지마저 건축 헌금을 해야 된다면서 팔아다가 교회에 바치는 것이었다.

하나님은 내 손가락의 값싼 비취 반지마저 가져다가 천국을 꾸미신단 말인가? 만약에 천국이라는 곳이 그렇게 해서 꾸며지는 곳이라면 아내는 그런 곳에는 가고 싶지도 않다고 생각하였다.

남편이 목사가 된 후 아내에게는 이렇게 해서 많은 고통의 날들이 지나가게 되었다. 그런데 그 모든 고통들을 겪는 동안 차츰 아내도 이 세상이 아내가 처녀 시절에 생각하였던 것처럼 그렇게 밝고 그렇게 아름답고 그렇게 건강하기만한 곳은 아니라는 사실을 조금씩 깨달아 가게 되었다. 아내의 가슴에도 차츰 천국이 확장되기 시작한 것이다.

그러나 그렇다는 뜻은 아내의 하늘에서 태양이 숨을 거두었다는 뜻은 물론 아니었다. 아내의 하늘에는 하나님이 태초에 지으셨다는 태양이 여전히 빛나고 있었고 새들은 아침마다 노래하며 꽃들은 천국의 향내를 풍기고 있었다. 아내는 이렇게 밝은 세상, 이렇게 아름다운 세상, 이렇게 건강한 삶을 어둡고 우울하고 고통스럽게까지 살아야만 할 이유는 여전히 아무데서도 찾을 수 없었다. 아내의 성경에는 그런 구절이 없었던 것이다. 오히려 천국이라는 곳이 있기 때문에 더욱더 이 세상에서부터 밝고 아름답고 건강하게 살아야 된다고 아내의 성경에는 적혀 있었다. 본래 하나님은 에덴동산을 천국으로 지으셨기 때문이었다. 아내에게 있어서 예수를 믿는다는 것은 잃어 버린 그 에덴동산의 천국을 회복하는 것 외에 다른 아무것일 수 없었다.

아내는 차츰 목사의 아내로서 어떻게 교인들한테 말 듣지 않고 밝고 아름답고 건강하게 살아갈 수 있을 것인지 지혜를 터득하기 시작하였다.

그래서 기왕에 예수의 사진을 방 안에 걸어둘 바에라면 피가 뚝뚝 떨어지는 사진 대신 백합꽃 향기 짙은 부활주일 아침의 사진을 걸어놓고, 심판의 하나님 대신 양들을 품에 안고 계시는 인자한 모습의 사진을 걸어놓았다. 아내는 병약한 몸이었지만 죽는 날까지 그렇게 살았다.

그리고 참으로 놀랍게도 김 목사가 지금 아내의 장례를 마치고 돌아와 열어본 아내의 보석상자에는 김 목사가 그 어느 날 아침에 생각하였던 것처럼 시장 골목에서나 길거리에서 살 수 있는 그런 싸구려 모조 반지들만 들어 있는 것이 아니었다.

김 목사가 열어본 아내의 보석상자에는 세상에 어떤 값 비싼 진짜 보석 반지라도 그렇게 깨끗하고 아름다울 수가 없을 정도로 반짝반짝 빛나는 반지들 뿐이었다.

그리고 그 하나하나는 어디서 구했는지 알 수 없는 고급스러운 부드러운 천에 정성스럽게 싸여져 있었다. 한눈에 아내가 생전에 이 반지들 하나 하나를 얼마나 자주 열어보며 그때마다 닦고 또 닦으면서 그것들이 반짝반짝 빛나는 것을 들여다보며 즐거워하였는지 알 수 있었다.

그렇게 그것들을 닦고 또 닦는 사이에 어느덧 그 값싼 인조 보석 반지들은 누가 봐도 모조 반지로 볼 수 없을 정도로 반짝반짝 빛이 나는 진짜 보석 반지들처럼 되어 버리고 말았던 것이다.

다른 사람들에게는 천국이 그렇게도 좋은 곳이라고 설교하면서 그 좋다는 천국을 꾸미고 있다는 보석 알 중에서 가장 작은 보석 반지 하나도 자신의 아내에게는 실제로 끼워주지 못한 목사. 그러나 바로 그 목사의 아내는 가짜 보석 반지를 진짜처럼 아끼며 사랑하여 닦고 또 닦던 끝에 정말로 진짜 보석 반지들처럼 반짝반짝 빛이 나게 닦아놓은 후 진짜 보석들만 있는 천국으로 간 것이다. 그렇다면 누구의 인생이 더 참된 천국의 설교가 된 것일까?

　김 목사는 자신이 이때까지 한 설교야말로 아내의 보석상자에 들어 있던 그 가짜 보석 반지와도 같은 것이었다고 생각하게 되었다. 그런데 그 가짜 보석 반지와 같은 자신의 설교에서는 빛이 나지 않았다. 왜냐하면 그 설교에는 아내가 가짜 보석 반지를 진짜처럼 닦고 또 닦으며 아끼고 사랑하였던 것과 같은 그런 사랑이 없었기 때문이었다. 그 대신 세속적인 목회 성공이라는 아주 더러운 때만 가득 끼어 있었다. 김 목사는 가짜를 진짜처럼 공들여 닦아놓은 아내의 보석상자를 열어보는 순간 이 죄 많은 세상에서 그 죄로 말미암아 고통받는 사람들의 아픔을 천국의 사랑으로 위로하고 격려하면서 함께 어두운 데서 밝은 곳으로, 고통 가운데서 평안한 천국의 삶을 살 수 있는 믿음을 설교한 것이 아니라 보다 많은 교인들이 모이는 큰 건물을 가진 교회의 목사가 되기 위해서 설교해 온 자신의 거짓된 모습을 발견하지 않을 수 없었던 것이다.

　특별히 아무 준비 없이 갑자기 남편을 따라 목사의 아내가 된 한 여인의 아내로서의 인생의 아픔을 짐작이나 해 본 일이 있었는가 생각할 때 김 목사는 참으로 얼굴을 들 수 없을 정도로 부끄러움과 죄책감을 느끼지 않을 수 없었다. 그런 자신에 비해서 가짜 보석 반지라도 진짜를 사랑하듯 아끼고 즐거워한 아내의 삶이야말로 차라리 얼마나 진실된 것이었던가?

아내의 천국은 가짜 보석 반지라도 진짜 보석 반지처럼 아끼고 사랑하는 거기서부터 시작되고 있었던 것이다. 이런 사실들을 깨닫게 되자 김 목사는 더 이상 무엇이라고 교인들 앞에 나서서 설교할 말을 잃어 버리고 말았던 것이다.

오랜 세월이 지난 후, 어느 낯선 곳에서 한 늙은 목사 한 사람이 그곳 교회에 나타나 죽기 전에 꼭 한 번만 마지막 설교를 할 수 있게 해 달라고 아무나 붙잡고 조르듯 하여 마침내 어느 주일 아침에 그 교회의 초청 설교자로 설교하게 되었다.

강대상 앞에 선 그 낯선 늙은 목사는 이상과 같은 어느 목사 부인의 이야기를 다 들려준 후 그 김 목사가 바로 자기 자신이라고 비로소 자신의 신분을 밝혔다. 그리고 그는 다음과 같은 말로 설교를 마쳤다.

"천국은 이 땅 위에서부터 시작되는 것이었습니다. 그리고 그것은 가짜 보석 반지를 진짜 보석 반지처럼 사랑하는 것이었습니다. 이 땅 위의 모든 가짜 보석 반지란 다른 것이 아닌 바로 이 세상 모든 사람들이었습니다. 하나님께서는 이 세상 모든 죄인들을 천국의 사랑으로 닦고 또 닦아서 진짜 보석 반지로 만드시는 분이었던 것입니다."

선물

내가 통나무로 된 의자가 있는 그 술집에 들어섰을 때 나는 그 남자가 혼자 앉아 있는 것을 보았다. 그 남자는 엉망으로 취해 있었다. 그러나 뜻밖에 나를 금방 알아본다. 그리고 마치 기다리고나 있었다는 듯 나를 자기 자리로 불러 앉히는 것이었다. 그 남자는 내가 살고 있는 동네에서 잡화점을 경영하고 있는 사내였다. 규모는 작지만 꽤 붐비는 잡화점이었다.

그 남자의 잡화점에는 한겨울에도 여름용 밀짚모자가 깨끗한 비닐 포장지에 싸여서 방금 팔려나갈 상품처럼 눈에 잘 띄는 곳에 진열되어 있었다. 그의 잡화점은 모든 것이 그런 식이었다. 없는 것이 없고 귀하게 여겨지지 않는 것이 없었다. 모든 물건이 다 주인으로부터 항상 귀한 상품으로 대접을 받고 있었다. 그러므로 그 가게를 드나드는 사람들도 그 가게에 있는 물건이라면 무엇이든지 충분한 값을 치르고 살 가치가 있다고 생각하게 되었다. 그래서 그 남자의 잡화점은 항상 붐볐다.

나도 종종 그 남자의 잡화점을 드나드는 단골 중 하나였으므로 그 남자하고는 동네 공중 목욕탕에서라도 만나게 되면 한참씩 이런 저런 대화를 나누며 지내오고 있었다. 그러나 한 번도 그가 술에 취해 있는 모양을 본 일도, 혹은 술에 관한 얘기를 하는 것도 들은 일이 없었다. 그런 그가 지금 술이 엉망이 되어 술집에 혼자 앉아 있었던 것이다.

내가 자리에 앉자 그 남자는 마치 지금까지 해 온 이야기의 결말이라도 내듯 이렇게 입을 열었다.

"아시겠어요? 이형? 나는 이런 놈이었다 이 말씀예요. 결혼생활 십 년에 행복이 무엇인지 사랑이 무엇인지도 모르는 멍청한 사내. 그게 바루 나라는 놈이었다 이 말씀예요."

이렇게 시작된 그의 혀가 말려 올라간 술 취한 얘기는 대략 다음과 같은 내용이었다.

그날은 그들 부부의 결혼 10주년이 되는 날이라 하였다. 본래 가진 것 없이 사글셋방에서부터 시작하여 성실과 부지런 하나를 밑천으로 오늘의 가게터를 일으켜 세워 오는 동안 그들 부부는 말로 다 할 수 없는 고생을 하였다. 그러다가 웬만큼 살만하게 된 때에 마침 결혼 10주년을 맞고 보니 새삼 그동안 고생만 시켜 온 아내에게 미안한 맘이 들고 또 말로 다 할 수 없이 고맙기도 하여 모처럼 큰 마음을 먹고 결혼식 때도 해 주지 못하였던 다이아몬드가 박힌 반지 하나를 선물로 샀다는 것이었다.

그런데 '오늘 하루만 휴업' 이라는 쪽지까지 써서 가게 문에 붙여놓고 시내 번화가로 나와 평소에는 생각지도 못했던 고급 식당에 자리를 잡고 앉아서 아내가 기뻐할 모양을 잔뜩 기대하며 반지를 내놓았는데 선물 꾸러미를 풀어본 아내는 기뻐하기는커녕 단 30초 동안도 반지를 들여다보지 않고 상자 속에 도로 집어 넣어 툭 식탁 위에 던지며 말하기를, 어쩌믄, 시상에! 하필 반지 중에서도 내가 제일 싫어하는 모양을……, 이라고 말하더라는 것이었다.

거기까지 그 술 취한 남자의 푸념을 들었을 때 나는 거의 잊어 버리고 있던, 언젠가 아내에게 들은 그 사내에 대한 동네 소문 하나가 생각났다.

"여보, 종점에 있는 그 만물 백화점 집 말예요. 그 집 남자 꽤 센스 있고 통하는 데가 있지 않아요? 요즘 같은 세상에 육이오 때나 쓰던 요강까지 갖다놓고 값비싼 골동품 팔듯 하고 있으니 보통 수완이 아니잖아요. 그런데 집에서는 안 그런가 봐요? 남자들은 밖에서 하는 것하고 집에서 하는 것이 다르다더니 정말 그런가 봐요. 그 집 여자 좀 봐요. 얼마나 얌전하게 생겼어요? 그런데 글쎄 그런 부인한테 그 집 남자가 집에서는 막 소리두 지르구 무섭게 한대나 봐요."

나는 그때 그 얘기를 귀담아 듣지 않았으므로 다음 번 그 남자의 잡화점에 들렀을 때는 전혀 그 얘기는 기억에 떠오르지도 않았었다.

그런데 그 얘기가 지금 생각난 까닭은 방금 그 남자의 술 취한 소리를 듣고 보니 그렇다면 그게 뜬소문만은 아

124

니었던 게로구나 하는 생각이 들었기 때문이었다. 결혼 10년 만에 겨우 먹고 살만하게 되어 모처럼 만에 결혼 기념일을 제대로 보내기 위해서 가게 문까지 닫고 평소에는 처다도 안 보던 고급 식당에서 외식까지 하게 된 자리에서 결혼식 때도 해 주지 못했던 값비싼 다이아몬드 반지를 내놓는 남편 앞에서 기뻐하기는커녕 '하필 반지 중에서 내가 제일 싫어하는 모양'이라고 말하며 선물을 내던지는 아내에게라면 평소엔들 큰소리 안 내고 살 수 있었겠는가?

나는 그렇게 그 남자를 변명해 주고 있었던 것이다.

그런데 내가 막 그런 생각을 하며, "아, 잊어 버려요 형씨. 자, 술이나 한 잔 더 합시다." 하면서 막 자리를 피할 궁리를 하고 있는데 실로 청천벽력 같은 소리가 내 고막을 울리는 것이 아닌가. 의자에서 막 반쯤 엉덩이를 뗀 엉거주춤한 자세에서 술잔을 건네는 내 손을 부여잡은 그 남자가 이렇게 말하였던 것이다.

"이형, 나란 놈은 말입니다. 이렇게 형편 없는 놈이다 이런 말씀예요. 그러니 내 아내가 지난 십 년 동안 얼마나 고생을 많이 하였겠느냐 내 말은 이겁니다. 나 같이

미련하고 눈치 없는 놈을 만나서 고생만 한 거예요. 불쌍해 죽겠어요. 안 그래요, 이형? 십 년 동안 한 이불을 덮고 살면서도 아내가 좋아하는 반지가 어떤 것인지도 모르는 멍청한 나 같은 놈은 말입니다, 마누라 얻어 같이 살 자격두 없는 놈이었다 이 말씀예요."

아, 세상에! 세상에 정말로 이렇게 못난 사내도 다 있었던가? 나는 당장에 그렇게 생각하게 되었다. 방금 전에 집에서는 자주 고래 고래 고함을 질러대는 사람이라는 그 남자에 관한 동네 소문을 혼자 속으로 변명해 주고 있던 것도 잊고.

사람이 얼마나 못났으면 이런 경우에 저런 식으로 생각을 할 수 있단 말인가? 나는 정말로 내 귀가 의심스러웠다. 결혼 10년 만에 모처럼 사준 반지가 다이아몬드 반지가 아니라 구리 반지였다 할지라도 그것을 손가락에 껴 보이며 거짓말로라도 크게 기뻐해 보이는 것이 선물을 받은 사람편의 당연한 마음씀이 아니겠는가? 더구나 그 선물받은 사람이 다른 사람도 아닌 아내임에랴!

그런데 어떻게 모처럼만의 결혼기념일에 다이아몬드가 박힌 값비싼 선물을 사준 남편 앞에서 단 30초 동안도 반지를 들여다보지 않고 집어 던지며 '이것이 내가 세상에서 제일 싫어하는 모양'이라고 말할 수 있단 말인가?

그런데 그런 아내의 남편이 되는 이 남자가 그런 아내가 괘씸하고 섭섭해서 평소에는 잘 마시지도 않던 술을 엉망으로 마시고 있었던 게 아니라 오히려 자기가 못나서 아내가 어떤 반지를 좋아하는지도 모르고 아무 반지나 사주어서 아내를 섭섭하게 해 주었다고 자기 가슴을 쥐어 뜯고 앉아 있었으니 세상에 정말로 이런 못난 사내도 있었던 것인가? 이것은 이 남자의 아내에 대한 진정한 사랑인가, 아니면 대체 무엇이란 말인가? 그것이 사랑이라면 세상에 무슨 그런 바보 같은 사랑도 다 있단 말인가? 차라리 이 남자는 그의 아내의 노예가 아닐까?

나는 갑자기 술맛이 떨어져 더 이상 그 남자와 마주 앉아 있고 싶지 않았다. 나는 화가 난 사람처럼 벌떡 일어나 그를 버려 두고 그 술집을 나와 버리고 말았다. 그리고 그 후로는 다시는 그 남자의 가게에도 들르지 않았다.

그런 일이 있은 몇 년 후, 내가 주위의 끈질긴 권유에 못 이겨 마침내 처음으로 교회에 끌려 가게 되었을 때 나는 그곳에서 몇 년 전의 그 사내보다 더 바보 같은 사내의 이야기를 듣게 되었다. 그것은 교회에서 매 주일마다 설교하는 예수라는 청년에 관한 이야기였다.

예수는 하나님의 하나밖에 없는 아들이라 하였다. 그런데 아버지 하나님을 배반하고 에덴동산에서 쫓겨난 인간들의 죄를 탕감해 주기 위해서 신의 아들인 그가 사람의 모양을 입고 세상에 태어나 십자가에 못 박혀 죽었다는 것이었다. 원 세상에 이런 바보 같은 남자가 다 있었다니! 아무리 인간들을 사랑해서 그랬다지만 그런 바보 같은 사랑이 세상 천지에 어디 있단 말인가? 거기 비하면 몇 년 전의 그 잡화점 집 남자는 훨씬 괜찮은 편이 아니었는가.

적어도 그 남자는 아내를 위해서 목숨까지 버리지는 않았으니까!

추수감사주일에 생긴 일

주일학교 선생님으로부터 앞으로 한 달만 있으면 추수감사주일이 된다는 말을 들은 영이는 곧 커다란 걱정에 잠기게 되었습니다. 선생님께서는 모두들 지난 한해 동안에 있었던 일 가운데서 제일 감사한 일 한 가지씩을 적어서 선물과 함께 준비해 오라고 하였던 것입니다. 선물은 아빠 엄마가 없는 불쌍한 고아들에게 보내어질 것인데 값은 각자가 할 수 있는 만큼만 정성껏 하면 된다고 하였습니다.

아이들은 벌써부터 괜히 좋아서 떠들며 야단들입니다. 철이네는 지난 여름에 큰 집을 새로 사서 이사온 아이입니다. 그러니까 그 애는 무엇보다도 그것을 감사하겠다고 하였습니다. 혜순이네는 거울같이 얼굴도 다 들여다보일 정도로 고운 색깔이 칠해진 새 자동차를 샀습니다. 혜순이는 물론 그것이 제일 감사하다고 하였습니다. 동식이네는 그동안 먼 나라에 가서 일하시던 아버지가 아주 돌아오셨으니까 그것이 제일 감사하다고 하였습니다.

그런데 영이는 아무리 생각해 보아도 아무것도 감사한 일이 없었습니다. 지난 1년 동안에도 영이네 아버지는 아무것도 달라지신 것이 없었습니다.

여전히 아침마다 구두 고치는 연장이 든 나무통을 메고 집을 나가셨다가 저녁에는 의레 술이 많이 취하셔서 늦게 돌아오시곤 하였습니다. 그래서 어머니는 지난 1년 동안도 날마다 시장에 나가서 튀김장사를 해야 되었습니다. 영이는 날마다 학교가 끝나면 시장에 나가 어머니를 도와드려야 되었습니다. 영이는 남들처럼 좋은 옷도 못 사 입었습니다. 좋은 신발도 없습니다. 공책도 연필도 언제나 다 헤어지고 닳아 없어질 때까지 아껴서 써야만 되었습니다. 봄이 되어 각종 꽃들이 피어나도 영이는 남들처럼 아빠 엄마와 함께 놀이공원에도 한 번 못 가 보았습니다.

영이는 주일 하루 해가 다 저물도록 곰곰이 생각해 보았지만 정말 아무것도 감사할 만한 일을 찾아내지 못하였습니다.

그날 밤 영이는 이렇게 기도드렸습니다.

“예수님, 추수감사주일이 꼭 한 달밖에 남지 않았습니다. 앞으로 한 달이 되기 전에 저한테도 다른 애들처럼 감사한 일 한 가지만 꼭 생기게 해 주세요, 네? 꼭 부탁이예요. 그리고 우리 아버지께서 교회에 꼭 나오시게 하는 것도 물론 계속 부탁드리구요. 우리 아버지가 교회에 나오시게 되면 저는 그보다 더 감사한 일 없을 거예요.”

영이는 지난 1년 동안 줄곧 아버지가 교회에 나오시게 해 달라고 기도드려 왔습니다. 영이네 아버지는 본래부터 교회에 안 다니십니다. 그렇지만 영이와 영이 엄마가 교회에 나가는 것은 오히려 좋게 여기시고 아버지도 언젠가는 꼭 교회에 나갈 테니 걱정 말라고 늘 말씀하셨습니다. 더구나 영이 밑으로 아주 한참 만에 남동생이 태어나자 아버지는 엄마가 하자는 것은 무엇이나 다 하겠다고 하시며 교회에도 곧 나가시겠다고 약속하였습니다.

그런데 이게 웬일입니까. 아버지가 그렇게나 귀여워하시던 영이 남동생이 첫돌을 지내고는 갑자기 병이 들어서 세상을 떠나 버리고 말았습니다.

그때부터 영이 아버지는 아주 낯선 사람으로 변하고 말았던 것입니다. 자주 술을 마시고 들어오셔서 밤중에도 소리를 크게 지르셨습니다.

"당신이 믿는 예수가 진짜 하나님이라면 죄 없는 내 아들을 왜 데려간단 말이오? 그게 우리 집 삼대 독자란 말이오. 알겠소? 대답해 보시오. 왜 말이 없소? 이제부터 당신도 교회 가지 마시오. 절대로 가지 마시오."

영이네 엄마는 그때부터 교회에 나갈 수가 없었습니다. 영이도 한동안 아버지가 무서워서 교회에 못나갔지만 몇 개월 지난 다음부터는 엄마가 가만히 갔다 와도 된다고 해서 영이만 동네 아이들과 같이 다시 교회에 다니게 되었습니다.

영이네 아버지의 구두가게는 금방 가난해지게 되었습

니다. 아버지는 손님한테도 친절하게 대하지 않았고 낮에도 종종 술에 취해서 손님이 맡긴 구두를 제 날짜에 못해 주기가 일쑤였던 것입니다. 드디어 1년이 못 가서 아버지의 구두가게는 다른 사람에게 넘어가고 말았습니다.

영이네 아버지는 일부러 그렇게 되기를 바랐던 것처럼 곧 자그마한 나무통에 몇 가지 연장을 챙겨 넣고 날마다 이 동네 저 동네로 다니시며 남의 헌 구두를 고쳐 주시게 되었습니다.

영이네 엄마가 시장 한 모퉁이에서 튀김장사를 시작하신 것도 바로 그 무렵부터였습니다. 그리고 영이가 아무에게도 의논하지 않고 주일학교 선생님에게서 들은 대로 밤마다 제일 간절한 소원 한 가지를 기도드리기 시작하게 된 것도 그때부터였던 것입니다. 영이 엄마는 자주 영이를 앞에 앉혀놓고 탄식처럼 말씀하셨습니다.

'아버지만 교회에 나오시게 되면 모든 일이 다 다시 잘될 텐데. 그리고 또 다른 남동생도 태어날 텐데.'

"아, 그렇게만 된다면, 예수님. 나는 정말 정말 감사드릴 거예요."

영이는 며칠 동안 밤에 잠도 잘 오지 않았습니다. 자리에 누워서 눈을 꼭 감고 있으면 더욱 그 생각이 납니다. 아빠 엄마가 깨끗한 새 옷으로 갈아입으시고 철이네처럼, 그리고 혜순이네처럼 아이들 손을 잡고 교회에 나오시는 모습, 그것은 생각만 해도 너무 너무 기쁜 일이었습니다. 영이는 잠자리 속에서도 예수님! 하고 불렀습니다.

그렇게 1주일이 지나가고 다시 주일날이 돌아왔습니다. 주일학교 선생님은 다시 이번에는 추수감사주일이 꼭 세 주일밖에 남지 않았다고 알려주셨습니다. 선생님 입에서 감사주일에 관한 말씀이 나오자 영이는 마치 그것이 자기만을 가리켜서 하시는 말씀인 듯 가슴이 철렁 내려앉고 얼굴이 금방 빨갛게 달아올랐습니다. 영이는 쓰러질 듯한 걸음으로 간신히 집에 돌아왔습니다.

"애, 영이야 너 어디 아픈 모양이로구나?"

엄마가 따뜻한 손으로 영이의 두 뺨을 감싸 안으며 가만히 영이의 눈 속을 들여다보십니다. 영이도 가만히 엄마의 얼굴을 올려다보았습니다.

지난 1년 동안 엄마는 갑자기 너무나 많이 늙은 사람이 되어 버리고 말았습니다. 영이는 엄마가 깨끗한 한복 치마 저고리를 입으시고 학교로 영이네 선생님을 찾아오셨을 때 영이네 선생님이 영이 엄마보다 훨씬 더 젊었었는데도 실제로는 엄마가 더 예뻐 보였던 기억을 지금도 잊지 않고 있습니다.

영이의 눈에서는 이슬방울 같은 눈물이 송글송글 솟아나왔습니다.

"영이야, 왜 그러니? 말을 해야지?"

"아니예요 엄마."

영이 엄마도 괜히 덩달아 눈에 눈물이 고이는지 손등으로 눈가를 훔치십니다. 영이는 마침내 소리내어 흐느껴 울기 시작하였습니다. 그러면서 속으로는 예수님을 소리쳐 불렀습니다.

'예수님, 예수님, 우리 아버지만 교회에 나오시면 엄마도 다시 그전처럼 예뻐지실 거예요.'

바로 그때였습니다. 영이는 무엇을 보았는지, 아니, 무슨 생각이 났는지 화들짝 놀라며 엄마 품을 떨치고 깡충 뛰어 일어났습니다. 그리고 소리 질렀습니다.

"아, 됐다 됐어!"

영이 엄마가 깜짝 놀라서 더욱 근심스런 얼굴로 깡충 깡충 뛰는 영이를 붙잡았습니다.

"애 영이야 너 정말 왜 그러니? 정신 차려 얘야."

그러나 영이는 금방 정색을 하며 대답하였습니다.

"아니예요 엄마. 나 아무렇지도 않아요. 그냥 무슨 생각이 나서 그런 거예요."

"얘는, 쪼끄만 얘가 별난 호들갑을 다 떠는구나. 가서 세수 한 번 하고 오너라 정신 반짝 나게."

그러나 영이는 정말로 날아갈 듯 신이 났습니다. 그래서 엄마가 이르시는 대로 찬물에 세수를 하였습니다. 조금 아까까지 슬픔에 잠겼던 영이의 얼굴은 언제 그랬나 싶게 해맑은 얼굴이 되었습니다.

영이는 그날 밤부터 아주 새로운 기도를 드리게 되었습니다.

"예수님, 예수님, 정말 정말 고마워요. 주일학교 선생님도 그러시구 우리 엄마도 늘 그렇게 말씀하셨어요. 무엇이든지 믿고 열심히 기도드리면 언제든 꼭 이뤄주신다고요. 그러니까 우리 아버지도 꼭 교회에 나오시게 되실 거예요. 저는 이번에 그걸 미리 감사드릴 거예요."

영이는 그날부터 곧 감사주일 선물을 준비하기 시작하였습니다. 그런데 여기 또 하나 문제가 생겼습니다. 영이는 돈이 하나도 없었던 것입니다.

아버지는 가끔 어머니에게 돈을 조금씩 주시지만 영이 엄마는 낮에 시장에서 장사해서 번 돈을 합쳐도 여러 가지로 써야 할 일에 모자라서 늘 속을 태우시는 것을 영이는 잘 알고 있었습니다. 영이는 차마 그런 엄마에게 또 걱정을 끼쳐드릴 수가 없었습니다. 아버지가 교회에 나오시게 된 일이 지금 당장에 이루어진 일도 아니고 언젠지도 모르는 이 다음에 될 일인데 그런 일을 가지고 미리 감사선물을 하겠다고 하면 엄마는 필시 별 소릴 다 한다고 핀잔만 주실 것이 틀림없었습니다.

영이는 다시 생각에 잠겼습니다. 어떻게 하면 선물 살 돈을 구할 수 있을까? 그리고 무슨 선물을 하면 제일 좋을까? 그러다가 영이는 드디어 결심을 하였습니다.

'돈을 벌자!'

학교가 끝나고 시장으로 엄마 심부름을 하기 위하여 찾아간 영이는 엄마에게 말씀드렸습니다.

“엄마, 며칠 있으면 추수감사주일이잖아요. 그런데 교회 선생님이 불쌍한 사람들한테 줄 선물을 준비해 오라고 하셨어요.”

“그럼, 그래야지. 그래 얼마나 필요하냐?”

영이 엄마는 선뜻 돈을 주시겠다고 말씀하셨습니다.

“아니예요 엄마. 좀 많아요. 그래서 제가 그 돈을 벌기로 했어요.”

“뭐라구? 영이야! 너 지금 그게 무슨 소리냐?”

영이 엄마는 아주 깜짝 놀라셨습니다. 그리고 기가 막히신 듯 웃으셨습니다.

“영이 너 지난 며칠 동안 그 걱정하느라고 그랬었구나?”

“네, 그래요 엄마.”

영이의 대답에 영이 엄마는 아주 더 크게 소리내어 웃으셨습니다. 그리고 이제 모든 것을 아시고 안심하셨다는 듯 영이를 와락 품에 안으셨습니다.

“영이야 아무 걱정 마라. 얼만지는 모르지만 내가 다 해 주마.”

“그렇지만 엄마.”

"그래 그래 다 알았대두. 아무 걱정 마라."

그때 옆에서 영이 모녀의 이야기를 듣고 계시던 옆집의 같은 튀김 집 아주머니가 말 참견을 하십니다.

"세상에 조렇게 착하고 앙증맞은 것이 또 있을까. 영이 엄마. 그러지 말구 애 소원대루 해 주십시다. 그런 일일수룩에 제 손으루 벌어서 해야 더 빛두 나는 법 아니우."

"아이, 아주머니도, 애가 무슨 일을 해서 돈을 번단 말씀이세요?"

"아, 왜 있잖우? 가끔 영이한테 비닐 봉투며 나무젓가락 심부름 시키는 일 말이우. 영이 어멈은 어멈대루 오늘부터 그 심부름 값을 계산해 주시구 나두 앞으로 두 주일 동안은 영이한테 그 심부름을 시키리다."

그 말을 들은 영이는 뛸 듯이 기뻤습니다. 영이는 몇 번이나 옆집 아주머니에게 고맙다는 인사말을 하고 곧 첫 번째 돈 벌이에 나섰습니다. 물론 그것은 지금까지 영이가 자주 엄마 심부름으로 해 오던 일이었습니다. 영이네 엄마가 튀김 장사를 하는 곳은 큰 시장에서 버스로 세 정거장쯤 되는 곳입니다. 영이는 종종 큰 시장까지 가서 영이네가 대놓고 다니는 잘 아는 봉투집 아저씨네 한테서 비닐 봉투도 가져오고 또 나무젓가락을 가져올 때도 있습니다. 비닐 봉투나 나무젓가락은 무겁지도 않고 부피도 크지 않아서 그동안은 버스도 안 타고 걸어서 다닐 때가 더 많았습니다. 그러나 이제부터는 옆집 아주머니네 것도 가져와야 되므로 조금 무겁기도 하고 부피도 꽤 많이 되므로 버스를 타고 다니기로 하였습니다.

옆집 아주머니는 약속 대로 영이에게 버스 탈 돈까지 주셨던 것입니다. 영이가 비닐 봉투가 가득 든 등에 메는 책가방을 메고 또 손에는 나무젓가락이 든 손가방을 들고 버스에 오르면 어른들이 모두 영이에게 자리를 내 주었습니다. 이렇게 해서 모든 일은 아주 순조롭게 잘 되어갔습니다.

그렇게 어느덧 두 주일이 지나가고 드디어 영이는 교회에 가는 길에 있는 큰 선물가게에서 영이가 늘 가지고 싶어하던 예쁜 곰 인형 하나를 사게 되었습니다. 영이는 아주 예쁘게 선물을 포장해 놓았습니다. 물론 선물 안에다가는 주일학교 선생님이 말씀하신 대로 지난 1년 동안에 있었던 일 가운데서 제일 감사한 일 한 가지를 써놓았습니다.

'예수님, 우리 아버지를 교회에 나오시게 해 주서서 정말로 정말로 감사드려요. 영이 드림.'

이렇게 써놓고 나니 참 이상한 일입니다. 영이의 마음 속에는 정말로 지금 아버지가 교회에 나오시게 된 것 같은 생각이 들었습니다. 사실 영이는 지난 두 주일 동안 아버지가 이 다음 언젠가가 아닌 지금 이미 교회에 다니시게 된 것이라는 생각으로 날마다 예수님께 감사의 기도를 드렸고 또 낮에는 어머니와 옆집 아주머니네 심부름도 열심히 하였던 것입니다. 또 영이가 쓰는 일기장에도 그렇게 써놓았습니다.

"아버지께서 교회에 다니시게 되어서 나는 너무나 너무나 기쁘다. 엄마는 이제 곧 새 남동생을 다시 낳으시게 될 것이다. 그리고 그전보다 더 예뻐지시겠지. 또 엄마가 말씀하신 대로 아버지는 다시 구두가게를 하시게 될 것이다."

그러나 이 모든 일이 사실은 어린 영이의 철없는 공상에 지나지 않았다는 사실이 누구보다도 먼저 영이 자신에게 똑똑히 밝혀지게 될 날이 다가왔습니다.

추수감사주일 전날 밤까지도 그렇게 기뻐서 잠도 못 이룰 정도로 뒤채던 영이가 마침내 추수감사주일 아침이 되어 교회에서 종소리가 들려오자 그만 와락 이때까지의 꿈에서 깨어나고 만 것입니다. 그러자 곧 얼굴이 사색이 되어 버리고 말았습니다.

추수감사주일 아침인데도 영이는 특별히 차려 입을 새 옷도 없었습니다. 아버지는 벌써 일찍 다른 날이나 마찬가지로 일을 나가신 듯 안 보이시고 엄마도 웬일로인지 이미 시장에 나가신 듯 안 계셨습니다. 영이가 며칠 전에 사다가 포장해 놓은 선물 꾸러미만이 꿈 속인 양 영이의 작은 책상 위에 놓여져 있었습니다. 그 예쁜 곰 인형이 든 선물 꾸러미를 바라보는 순간 영이의 가슴이 갑자기 쿵쾅거리며 뛰기 시작하였습니다.

'이영이, 이영이는 아버지께서 교회에 다니시게 된 것을 감사드린다구 하였어요. 그런데 영이 아버지는 어디 계시지요?

아이들이 와 웃음을 터뜨리는 장면이 눈앞에 떠오릅니다. 영이는 얼굴이 빨갛게 달아올라 어쩔 줄을 모릅니다. 영이는 거짓말쟁이가 되고 만 것입니다.

'아, 아, 이 일을 어쩌면 좋아!'

영이는 혼자서 발을 동동 구릅니다. 이때까지는 이런 생각이 한 번도 떠오르지 않다가 왜 이제 와서야 생각이 나게 된 것일까? 영이는 혼자 마음 속에서 엎치락뒤치락합니다.

'그렇지만 교회 선생님도 그러셨고 엄마도 늘 그러셨잖아. 그러니까 거짓말은 아니지 뭐.'

'아니야. 그래도 정말로 그렇게 된 다음에 감사를 드려야 정말이 되는 거지.'

'하지만 꼭 그렇게 될 거니까 미리 감사해도 괜찮지 뭐.'

'피이, 누가 그걸 알아준대?'

아, 정말 큰일났습니다. 시간은 자꾸 지나갑니다. 아이들은 벌써 선물을 한아름씩 안고 교회에 모였을 것입니다. 어떡하면 좋을지 모르겠습니다. 영이는 시계를 보고 또 보고 하였습니다. 시간은 이제 20분밖에 남지 않았습니다. 교회까지는 큰 시장 반대 방향으로 빨리 걸어도 20분이 더 걸립니다.

　영이는 마침내 시계 바늘이 손이라도 잡아주는 듯 벌떡 자리를 차고 일어나 잠시 모든 생각을 떨쳐 버리고 선물을 안고 집을 나섰습니다.

　그리고 교회를 향해 부지런히 걸었습니다.

　그런데 한참 걸음을 빨리 하여 걷고 있는 영이의 머리 속에 슬그머니 어디선가 "거짓말쟁이"라는 소리가 들려 온 것 같습니다. 영이는 깜짝 놀라 잠시 주위를 두리번거렸습니다. 아무도 없습니다. 지나가는 낯선 사람들 뿐입니다. 영이는 다시 걸음을 옮겨놓았습니다. 종종 마주 오는 낯선 사람들 하고 어깨가 부딪쳐 쓰러질 듯 비틀거립니다. "거짓말쟁이, 거짓말쟁이" 그러나 그 소리는 금방 자동차 소리, 라디오 방의 노랫소리 등 길거리의 소음에 묻혀 사라졌다 이어졌다 합니다. 그리고 영이의 귀에는 잠시 아무 소리도 들려 오지 않았습니다.

　그때였습니다. 영이의 귀에 갑자기 고막을 왕왕 울리며 큰소리로 울려오는 소리가 있었습니다. 그것은 교회당의 두 번째 종소리였습니다. 영이는 그 소리에 깜짝 정신을 차리고 다시 용기를 내어 걸음을 재촉하였습니다.

144

　드디어 저만큼 교회당이 들여다보이는 길목까지 왔습니다. 그런데 교회에서는 무슨 일이 일어난 모양입니다. 사람들이 모두 교회당 밖에 나와서 영이가 걸어가고 있는 이쪽을 향해 서 있는 것입니다.

　영이는 주춤거리며 조금씩 다가갔습니다. 주일학교 선생님이 맨 앞에 보입니다. 주일학교 아이들도 보입니다. 그런데 목사님도 보입니다. 뿐만이 아닙니다. 사모님도 보입니다. 그런데 이건 또 웬일입니까? 그럴 리가 없습니다. 사모님 옆에 서 계신 엄마가 보이는 것입니다. 그리고 엄마 옆에는 거짓말 같이 아버지도 보입니다. 엄마는 전에 교회에 갈 때 자주 입으시던 깨끗한 한복을 입고 계셨고 아버지는 수염을 깨끗이 깎으시고 신사복을 입고 계셨습니다.

　영이는 눈을 한 번 부벼 보았습니다. 마찬가지입니다. 꿈이 아니고 분명 생시였습니다. 그때였습니다. 사람들이 갑자기 영이를 향해 달려오며 박수를 칩니다.

　"야, 이영이 만세!"

　그러나 영이는 지금 자기가 어디에 서 있는지도 모르는 듯 갑자기 스르르 잠에 빠지듯 그 자리에 쓸어져 버리고 말았습니다. 사람들이 와, 몰려오고 아버지가 영이의 작은 몸을 힘껏 끌어 안으시며 아주 큰소리로 울음을 터뜨리셨습니다.

"영이야 영이야, 아버지가 잘못했다."

그렇게 영이를 안고 큰소리로 말씀하시는 영이 아버지 손에 영이의 조그만 일기장이 아주 소중하게 꼭 쥐어져 있었습니다.

새해 아침의 꿈

그해 1월 1일, 나는 새벽에 한 꿈을 꾸었다.

꿈 속에서 나는 한 울음소리를 들었다. 그것은 깊은 슬픔에 젖은 울음소리였다. 그 비탄의 울음소리와 함께 나는 갑자기 지진 진앙지에서나 느낄 수 있는 어떤 정체 불명의 순간적인 공포감에 휩싸이며 고막을 찌르는 급박한 경고의 소리를 듣게 되었다. 그 경고의 소리는 자동차를 타고 가다가 라디오에서 가끔 듣게 되는 시험 경고 방송의 '삐이이이—' 하는 작고 날카로운 소리와 같은 것이라고 꿈 속에서도 생각이 되었는데 그것은 그대로 사람의 소리이기도 하였다.

"긴급 경고를 발합니다. 긴급 경고를 발합니다. 이것은 시험 방송이 아닙니다. 실제 상황입니다."

이어서 그 경고 방송은 현재 사방에서 들려오고 있는 저 큰 비탄의 울음소리는 단순한 울음소리가 아니고 일종의 전염병이 공격해 오는 소리라는 것이었다. 그런데 그 전염병은 현재까지 인류 역사상 한 번도 발견된 일이 없는 전혀 새로운 종류의 병원균에 의한 것이라 하였다. 그리고 그 전염병은 너무나 갑작스럽고 빠른 속도로 창궐하고 있으므로 아직 그 최초의 발병지조차 알아내지 못하고 있는 실정이라 하였다. 따라서 면역백신 같은 것은 생각도 못할 일이고 응급조치 방법조차 모른다는 것이었다.

한 가지 다행한 일은 이 전대미문의 공포의 전염병은 직접 사람의 생명을 다치지는 않는다는 것이었다. 그러면 그 전염병의 무엇이 사람들을 저렇듯 무서운 공포의 도가니로 몰아넣느냐 하면 그것은 사람들을 원인을 알 수 없는 깊은 절망감과 슬픔에 빠지게 하기 때문이라는 것이었다. 이 전염병에 감염된 사람은 마치 가장 사랑하는 사람을 가장 비극적인 방법으로 잃어 버렸을 때와

같은 갑작스런 절망감과 깊은 슬픔에 빠져 정상적인 활
동을 할 수 있는 기력을 완전히 잃어 버리게 되므로 생
업마저 포기하게 된다는 것이었다. 그리하여 몇 날 며
칠이고 극단적인 슬픔으로 통곡만 계속하게 되므로 얼
마 후에는 병 때문에 죽는 것이 아니라 굶주림과 탈진으
로 생명을 잃게 될 수 있다는 것이었다.

현재 이 괴이한 전염병은 기류를 타고 구름이 이동하
는 것과 같은 속도로 전 지구촌으로 퍼져 나가고 있는
중이라 하였다. 이미 극동의 여러 나라, 한국과 일본, 대
만, 그리고 중국 본토와 말레이시아, 필리핀 등지는 이
가공할 전염병으로 완전히 뒤덮혀 일체의 공장 가동이
중단된 상태이고 학교는 물론 각 관공서, 정부기관까지
문을 닫은 상태인데다 시중에는 택시마저 운행이 중단
된 상태라 하였다. 이 병에 감염된 택시 운전기사들은
길가에 차를 세워 둔 채 운전대를 붙잡고 발버둥치며 통
곡하고 있고 거지들은 깡통을 두드리며, 밭 갈던 농부들
은 그대로 들판에 주저앉아 땅을 치며 통곡하고 있는 중
이라 하였다.

내가 꿈 속 어디에선가 계속적으로 울려 나오고 있는

이상과 같은 경고 방송을 얼마 동안 넋을 잃은 채 듣고 있는 사이에 아까부터 듣고 있던 저 지구촌 전체의 단말마적인 비명 소리와 비탄의 통곡 소리들이 이제는 어떤 일정 방향이 아닌 사방 팔방에서 들려오고 있음을 깨닫게 되었고, 곧 이어서 방금 경고 방송을 하던 아나운서의 소리도 어느덧 끊어지고, 대신 라디오 방송에서도 명치끝을 도려내는 듯한 비탄의 통곡 소리가 울려 나오기 시작하였음을 깨닫게 되었다.

'야! 그렇다면 이거 큰일이로구나! 저 방송국이 어디 있었더라? 우리 집 하고 얼마 안 되는 거리에 있을 텐데— 금방 여기까지 병원균이 쳐들어 오겠구나!'

그러나 그런 생각도 잠깐, 나는 곧 내가 서 있는 곳은 물론 온 지구촌 아니, 온 우주가 이미 저 공포의 전염병에 전염되어 온 하늘이 온통 비탄의 통곡 소리로 가득 차게 된 공포감에 휩싸이고 있었다. 그것은 마치 어떤 정체불명의 깊고 캄캄한 구덩이 속으로 끝없이 떨어지고 있는 듯한 느낌이기도 하였다.

그렇게 사흘 밤 사흘 낮을 울고 났을 때 다행히 그런 공포의 와중에서도 몇몇 사명감에 불타는 의학자들에

의하여 긴급 조사단이 구성되었고 곧 최초의 발병지가 밝혀지게 되었다.

그런데 놀라운 사실은 그 공포의 전염병의 최초의 발병지가 다른 곳이 아닌 한국이라는 것이었다. 한국의 어느 이름 없는 시골, 전형적인 농촌 마을이 바로 그 공포의 전염병의 발병지이고 최초의 발병자는 그곳 초등학교에 다니는 일곱 살 난 여자아이라는 것이었다. 일시에 온 세상의 시선은 한국으로 집중되어 한국은 마치 온 세상 사람들의 눈앞에 발가벗겨진 것 같은 모양이 되어 버리고 말았다. 사람들은 숨돌릴 사이도 없이 "왜? 무엇이 원인이래? 치료 방법은 뭐야?" 하고 똑같은 총알을 따발총으로 내갈기듯 한국을 향해 집중 질문의 포화를 쏘아댔다.

그러나 그 초등학교 1학년에 다니는 여자아이는 한 열흘 전에 갑자기 부모라도 돌아가신 듯 어린애답지 않게 땅을 치며 통곡하기 시작하더니 사흘 밤낮을 먹지도 마시지도 않고 그렇게 통곡만 계속하다가 탈진하여 죽고 말았다는 것이었다.

그 아이를 내다 묻은 며칠 후, 아직 무덤에 입힌 떼장의 붉은 흙이 비라도 오게 되면 금방 다 쓸려 내려갈 것 같은 그런 때였는데 놀랍게도 그 뗏장 한 장 한 장 사이로 마치 곰팡이 같은 혹은 무슨 흰색의 꽃가루 같은 것들이 무덤 가득히 피어나는 괴이한 일이 일어났다는 것이었다.

그런데 그 괴이한 곰팡이 가루가 바람에 날려가 사람들이 코로 숨을 들이 마실 때 그 정체 불명의 병에 감염되게 되고 그 즉시로 며칠 전에 죽은 소녀와 같은 깊은 슬픔에 빠져 통곡을 하게 된다는 것이었다.

이와 같은 일을 놓고 의학자들이 더 자세히 조사를 해 본 결과 다음과 같은 아주 놀라운 사실이 소녀의 죽음에 얽혀 있었음이 새로 밝혀지게 되었다.

소녀가 원인 모를 깊은 슬픔에 빠져 통곡을 시작하기 얼마 전에 미국 '루이지아나' 주 라는 곳에서 아버지가 딸을 도둑으로 잘못 알고 총으로 쏘아 죽인 사건이 일어났었다. 그날 '마틸다' 라는 이름의 그 집 어린 딸은 아버지에게 친구네 집에 가서 놀다가 자고 오겠다고 하였었다.

아침에 그런 얘기를 딸과 주고 받은 아버지가 외출하

였다가 밤늦게 집에 돌아와 보니 과연 딸은 집에 없었다. 그런데 그때 비어 있던 집 벽장 속에서 부스럭 거리는 소리 같은 것이 들려왔다. 아버지는 즉각 도둑이 든 것이라 생각하고 권총을 장전하고 다가갔다. 그때 아버지를 놀려주기 위해서 친구와 함께 벽장 속에 숨어 있던 딸이 '부우!' 하고 짐승 소리를 흉내내며 뛰어나오는 순간 놀란 아버지가 얼떨결에 권총 방아쇠를 당기고 말았던 것이다.

딸은 본래 친구네 집에 가서 놀다 자고 오려던 계획을 변경하여 대신 친구를 데리고 집에 와서 놀다가 늦게 귀가하는 아버지를 놀려주려고 그런 장난을 하였던 것이다.

눈앞에서 총을 맞고 픽 쓰러지는 것이 도둑이 아닌 하나밖에 없는 사랑하는 딸이라는 사실을 알게 되었을 때는 이미 모든 것은 너무 늦은 때였다. 그토록 사랑하던 어린 딸은 아버지 품에 안겨 가엾게도 숨을 할딱거리며 '아버지 사랑해요!' 라는 마지막 말을 남기고 숨을 거두고 말았다.

이 사건이 온 세상에 알려지고 한국의 그 시골 마을에

까지 알려지게 되었는데 며칠 전에 죽은 그 초등학교 1학년인 어린 소녀도 그 이야기를 전해 듣고 다른 모든 사람들처럼 깊은 슬픔에 잠기게 되었다는 것이었다.

그런데 다른 사람들은 며칠이 지나자 바쁜 일과에 다시 정신을 빼앗겨 그 슬픈 이야기를 잊고 말았지만 소녀는 그때부터 급격히 식욕을 잃고 이틀 동안을 넋을 놓고 지내더니 사흘째 되던 날부터는 처음에는 주루룩 눈물만 흘리다가 저녁 때부터는 차츰 소리를 내어 울기 시작하였고, 마침내는 밤낮 사흘을 통곡만 하다가 결국은 지치고 탈진하여 손쓸 새도 없이 죽고 말았다는 것이었다.

의학자들은 더 조사를 진행시켜 나갔다. 도대체 죽은 소녀의 무덤에 피어났다는 그 곰팡이 꽃가루 같은 하얀색 가루의 정체는 무엇일까?

그러나 의학자들이 계속 연구해 본 첫 번째 사실은 그 곰팡이 같은 하얀색의 가루는 보통 썩은 나무 밑둥 같은 곳에서 곧잘 돋아나는 보통의 곰팡이나 별로 다를 것이 없는 것이라는 것이었다.

그런데 한 가지 아주 기이한 일이 우연한 사고로 발견

되게 되었다. 그것은 그 곰팡이균이 쇠붙이에 매우 민감한 반응을 보인다는 사실이었다.

쇠붙이가 있는 곳이면 어디든지 마치 자석에 끌려가는 쇳가루처럼 그쪽으로 순식간에 날아가 쇠붙이를 포위하듯 감싸는데 그때 또다시 놀라운 광경이 눈앞에 벌어지는 것이었다. 그것은 그 곰팡이균이 쇠붙이에 닿는 순간 순간적으로 몇 배씩 세포분열하듯 증식한다는 사실이었다.

그런데 좀 더 자세히 연구를 진행시켜 본 결과 그 곰팡이균은 보통의 쇠붙이에는 전혀 아무 반응도 일으키지 않는다는 사실이 밝혀지게 되었다. 오직 폭발성의 화약이 묻어 있는 쇠붙이에만 즉각적인 반응을 나타낸다는 것이었다. 이 같은 사실은 그 의학자들이 외부와 백 프로 완전 차단된 밀폐된 실험실 안에서 곰팡이균의 샘플을 놓고 연구를 하고 있었는데 그때 밖에서 엄중하게 경비를 서고 있던 경비병 중 하나가 급한 연락을 취하기 위하여 실험실 문을 여는 순간 의학자들의 눈앞에서 그 하얀 곰팡이균이 마치 UFO 미확인 비행물체가 날아가듯 순식간에 그 경비병이 차고 있는 권총집으로 날아가 순간적으로 몇 배로 증식하는 놀라운 일이 발생하였다는 것이었다. 물론 과학자들은 이미 그 전염병에 감염이 된 상태에서 엉엉 울면서 이때까지 연구를 진행해 왔었는데 아직 감염이 되지 않았던 그 경비병도 순식간에 통곡을 시작하게 되었고 열린 문을 통해 밖으로 나온 그 곰팡이균은 그 일대에서 총기류가 있는 사방팔방을 향해 순식간에 UFO 비행물체 날아가듯 하여 그 연구소가 있던 도시는 일시에 그 무서운 전염병에 감염되고 말았다. 이 모든 놀라운 일들은 그 원인이 쇠붙이와 화약 사이에서 일어나는 거의 제로에 가까울 정도의 미세한 화학적 반응이 그 이상한 곰팡이 가루에 작용하여 일어나는 일들이라는 또다시 새롭고 놀라운 뉴스가 곧 전파를 타고 온 세상에 타진되었다.

그 같은 연구과정의 소식이 전해지자 아직 의학자들로부터 정식으로 치료방법에 대한 소견도 발표되기 전에 먼저 루이지아나 주의 주지사가 제일 먼저 전시 행정명령을 발동하여 즉각 주 내의 모든 총기류를 무조건 수거하여 바닷물에 수장시키게 되었다. 루이지아나 주는 바로 얼마 전에 아버지가 딸을 도둑으로 오인하여 권총으로 쏘아서 죽게 한 일이 있었던 바로 그 주였다.

즉시 루이지아나 주의 경찰은 일체의 다른 임무를 포기하고 가가호호 수색하고 다니며 총기류를 수집하는 데 총동원되었다. 그러자 이미 이 전대미문의 가공할 전염병의 원인이 밝혀졌으므로 주민 전체가 자발적으로 소지하고 있던 모든 총기류를 뱀이라도 집어 던지듯 내놓게 되어 순식간에 총기류가 마을마다 산더미처럼 쌓여 미처 수거해 갈 수 없을 지경에 이르게 되었다.

이 소식이 또한 금방 전파를 타고 전 세계에 타전이 되었는데 사람들은 입을 딱 벌린 채 한동안 다물지 못할 정도로 놀랐다. 그것은 미국의 일반 가정에서 합법적, 불법적을 막론하고 이렇듯 많은 총기류를 집안에 가지고 있었다는 사실에 세상은 까무러칠 듯 놀랐던 것이다.

한 가지 진기한 광경은 총기류를 수집하는 경찰관이나 집에 숨겨 두었던 총기류를 내어놓는 주민 모두가 다같이 계속하여 엉엉 통곡들을 하면서 그 일들을 진행시켜 나갔다는 것이었다. 수집된 총기류는 즉각 바다로 이송되어 백 미터 이상 되는 깊은 바다 속에 수장되었다. 그렇게 해서 단 하루만에 루이지아나 주 전체에서는 총기류가 한 자루도 남지 않게 되었다. 그 일을 위해 주 내 모든 공공기관의 차량은 물론 개인 소유의 차량까지 자원봉사로 총동원되었던 것은 말할 것도 없었다.

그러자 또 한 가지 놀라운 일이 벌어졌는데 그것은 루이지아나 주에서 모든 총기류가 사라지는 그 즉시로 그 괴이한 총기류 곰팡이균은 비구름이 바람에 쫓겨 도망가듯 다른 총기류가 있는 곳을 향해 순식간에 날아가 버려 루이지아나 주 주민들은 또 한 번 큰 충격을 받았으나 곧 그 몹쓸 전염병에서 해방된 기쁨으로 껑충껑충 뛰게 되었다.

이 소식이 전파를 타고 온 세상에 전해지자 아직도 치료 방법을 몰라 끙끙대던 각국의 의학자들이 먼저 자기네 집에 숨겨두고 있던 총기류들을 꺼내다가 내던지게 되었다. 일반 가정은 물론 군 부대와 경찰 그리고 각국의 대통령 경호실까지도 총기류란 총기류는 그것이 무엇이 되었든, 대포알에서부터 얼마 전에 이라크를 두들겨 팰 때 썼던 최신형 토마호크 미사일에 이르기까지 그리고 약소국에서는 연구조차 못하도록 강권적으로 개발을 금지해 오던 핵폭탄들까지 즉시로 다 실어내다가 태평양 바다 한복판 가장 깊은 지옥에 수장시켜 버리게 되어 지구촌의 땅 위에는 한 자루의 새총조차도 남지 않게 되었다.

말할 것도 없이 그렇게 끝까지 고집을 부리던 북한의 김정일도 통곡 병에 감염이 되어 엉엉 통곡을 하면서 다 되어 가던 핵폭탄을 내놓게 되었는데 그 기사를 김정일이 엉엉 통곡하는 모습과 함께 보도한 미국의 CNN 방송을 청취하던 사람들은 자신들도 같은 병에 감염되어 엉엉 통곡하던 중에서도 절로 터져 나오는 웃음을 참지 못해 울다 웃다 하게 되었고 특종을 잡은 CNN 방송의 주가는 그런 와중에서도 배나 껑충 뛰어오르는 이변을 낳게 되었다.

이렇게 해서 하루아침에 총기류가 땅 위에서 사라지게 된 온 지구촌에서는 거짓말처럼 통곡이 뚝 그치게 되었다. 그러자 여기 저기에서 미처 생각지 못하였던 후유증이 발생하여 환자들을 병원으로 옮기는 응급차량의 싸이렌 소리가 온 지구촌이 떠나갈 듯 요란하게 울려대었다. 그 후유증이란 갑자기 지구촌에서 총기류가 다 사라져 버리고 나니 총기류가 있을 동안 그렇게 시끄럽던 지구촌이 마치 우주 한가운데에 둥 떠 있는 우주선 안의 무중력 상태처럼 ‘고요함’ 그 자체가 되어 버려 그동안 지구촌의 총기류로 말미암아 일어나던 시끄러운 소리에 익숙해져 있던 현대인들이 일종의 정신착란증 같은 증세를 일으키고 또 갑작스런 우울증 증세도 일으켜 어떤 사람은 자해 행위까지 하게 되어 목숨을 잃는 일까지 생겨나게 되었던 것이다.

그런 중에 미처 깨닫지 못하고 있던 또 다른 아주 놀라운 사실이 차츰 현실로 인식되었다. 그것은 세상 사람들이 하나 같이 다 아주 온순한 사람들로 변하게 되었다는 놀라운 사실이었다. 그것이 언제쯤부터였는지는 아직 정확하게 조사된 바가 없었다. 아마도 밤낮 없이 최소 3, 4일을 통곡으로 눈물을 다 쏟고 난 그 다음이 아닌가 짐작될 뿐이었다. 그렇게 밤낮 사흘을 쏟은 눈물을 통해 아마 사람들의 완고하던 마음들이 다 녹아서 눈물로 씻겨 나가게 된 것 같다는 것이 사람들이 짐작하는 내용이었다. 사람들은 모두 옆구리에 성경책을 끼고 교회로 찾아 나오게 되어 지구촌의 교회마다 일시에 사람들로 차고 넘쳐 미처 다 수용할 수가 없게 되었다.

그러자 또 한 가지 신기하고 놀라운 일이 발견되었는데 그것은 교회에 나와 설교를 듣고 간 사람 중에서는 한 사람도 이 갑작스런 지구촌의 고요함에 충격을 받아 정신착란 증세를 일으키는 사람이나 우울증세에 빠지는 사람이 없게 되었다는 사실이다.

그런 와중에서 또 한 번 북한의 김정일이 세계의 톱 뉴스 거리가 되었는데 그것은 그가 누구보다도 가장 온순한 모습의 멋진 사나이로 변화되었다는 사실 때문이었다. 그는 본래 영화 예술을 애인처럼 사랑하던 사람이었다. 그는 변화된 후 즉시 모든 정권을 남한 정부에 무조건 넘겨주고 자신은 남은 생애를 오직 영화 예술의 발전을 위해서만 바치겠노라고 선언하였다. 말할 것도 없이 그의 추종자들도 이에 즉각 동의하였을 것은 물을 필요도 없는 일이었다. 그의 그 같은 선언은 즉시로 남한 정부에 의해 받아들여져 한국은 반 세기 동안 민족의 숙원이던 남북통일이 하루아침에 이루어지게 되었다.

이런 모든 끝이 없는 놀라운 평화의 뉴스를 전해 듣던 지구촌 사람들은 이제 비로소 온 인류의 오랫동안의 꿈이었던 유토피아가 지구촌 위에 이루어지게 되었다고 동네마다 즐거운 파티가 밤낮 없이 계속되었다. 그러나 그 같은 지구촌 사람들의 생각은 너무나 성급한 판단이었다.

그 괴이한 총기류 곰팡이균 사건이 발생하였다가 사라진 지 한 달이 채 못 되었을 때 또다시 온 지구촌을 공포의 도가니로 몰아넣는 새로운 전염병이 발생하였다는 소식이 전파를 타고 온 지구촌에 알려지게 되었던 것이다. 이번의 전염병은 설사병이었다. 아니 설사와 비슷한 병이었다.

그 증세는 먹은 것도 없는데 사람들이 계속 화장실 출입을 하게 되고 화장실에 가 앉으면 마치 수도꼭지를 열어놓은 것처럼 투명한 액체가 끝도 없이 쏟아져 내린다는 것이었다. 배도 아프지 않고 열도 없고 다른 아무 곳도 불편한 곳이 없었다. 다만 계속해서 화장실에만 가고 싶은 말하자면 똥 마려운 증세가 스물네 시간 계속되고 그래서 결국은 다시 생업을 계속할 수가 없게 되었다. 그래서 이번에 역시 지난번 눈물만 쏟다가 며칠 후 지치고 탈진하여 죽었던 것과 같이 밑으로 정체 불명의 하얀 약물 같은 물만 쏟아내던 끝에 지치고 탈진하여 목숨을 잃는 일이 속출하게 되었다.

온 지구촌은 또다시 일체의 생업이 중단되었고 도시
마다 화장실 앞에 시민들이 끝도 없이 늘어서서 화장실
사용을 기다리고 있는 광경만 보이게 되었다. 그렇게
기다리다가 참지 못하고 그 자리에서 옷을 입은 채 변을
보는 사람들이 수도 셀 수 없었다. 그러나 노인네들은
물론 처녀들도 더 이상 그 같은 사태를 부끄럽게 여길
겨를이 없었다.

이번에도 또다시 긴급히 지구촌의 대표적인 의학자들
로 구성된 조사단이 조직되어 연구를 하게 되었다. 그
결과 이번에는 병의 최초의 발병지가 인도로 판명이 되
었고 그곳의 한 소년이 최초의 감염자였다는 사실도 밝
혀지게 되었다. 그런데 그 병의 원인은 그 소년의 가난
한 부모가 가난에 견디다 못하여 자포자기 상태가 되어
시작한 마약에 중독이 되어 끝내 사망한 사건에 있었다
는 것이었다.

지구촌에서는 지난 번 총기류 곰팡이균 사건 때와 같
이 마약이라는 마약은 귀이개 끝에 묻힐 만한 아주 적은
분량조차도 남기지 않고 즉시 자발적으로 수거되어 이

역시 태평양 한가운데 가장 깊은 지옥에 수장되었다. 그러자 또다시 지구촌에는 거짓말 같이 설사병이 멎고 평화가 찾아왔다.

　그러나 이번에도 단 며칠 동안의 휴식이 주어졌을 뿐 지구촌에는 또 다른 점염병이 뒤를 이어 발생하였는데 이번에는 피부가 가려운 증세였다.

　사람들은 마치 겨드랑이 속으로 머리카락 하나가 들어가 간지럽힐 때처럼 온몸이 간지럽고 근지러워서 견딜 수가 없었다. 사람들은 누가 보거나 말거나 온몸 여기 저기를 마구 긁어대었다. 그 중에서도 제일 많이 가려운 곳이 하필이면 사타구니였다. 길거리는 물론 초호화 호텔 레스토랑 안에서도 신사 숙녀 할 것 없이 온 도시가 온통 몸뚱이의 여기저기를 긁어대는 진풍경들 뿐이었다. 웃음조차 나오지 않았다. 그렇게 되고 보니 이번에 역시 모든 산업이 중단되고 말았다. 사람들은 너무 가려워서 악수는커녕 오랫동안 중동에 출장 갔다 돌아온 남편 하고도 포옹조차 할 수가 없었다. 잠시도 긁지 않으면 까무러칠 정도로 온몸이 가렵기 때문이었다. 특별히 사타구니 부근은 아주 미칠 지경이었다.

곧 이 지구촌에 찾아든 세 번째 재앙의 원인도 밝혀지
게 되었다. 이번에는 다른 것에 원인이 있었던 것이 아
니고 각종 포르노 물 때문이었음이 아주 쉽게 밝혀지게
되었다.

이번에도 즉각적으로 온 지구촌에서 자발적으로 모
든 포르노 물들이 수거되기 시작하였다. 포르노 잡지는
물론, 각종 주간지의 낯뜨거운 벌거숭이 사진들까지,
그리고 어떤 유명 여배우가 마침내 깜짝 벗었다는 떠들
썩한 뉴스와 함께 제작되었던 영화의 정사 장면들, 그
중에서도 제일 먼저 수거되어 폐기된 것은 말할 것도
없이 성인 비디오 류의 영상물들이었다. 그리고 각종
포로노 소설들도 하나도 남김 없이 수거되어 지난 번처
럼 태평양 한가운데서도 가장 깊은 바닷속 지옥에 수장
되었다.

이번 사건이 진행되는 동안에도 수도 없이 진기한 장
면들과 감동적인 이야기들이 연출되었는데 그 중에서
도 대표적인 이야기는 한국의 어느 포르노 소설 작가 이
야기였다. 그동안 그는 자기 작품이 절대로 포르노 작
품이 아니라고 법정에서까지 우겨 왔었는데 이번 일을

겪고 나서야 비로소 자기 작품도 저 유명한 〈젖소부인〉
과 다를 바 없는 포르노 작품에 지나지 않는다고 솔직히
고백을 하며 뚝뚝 뜨거운 눈물을 흘렸던 것이다. 그의
뒤를 이어 내로라 하던 다른 모든 포르노 작가들도 같은
고백을 한 것은 말할 것도 없었다.

　이런 식으로 새해 첫날 아침부터 시작된 지구촌의 대
재앙은 첫 봄의 개나리가 노란 색깔의 귀여운 봉오리를
쏘옥 내밀 무렵이 될 때까지 계속되어 지구촌에서 그동
안 활개치던 각종 악이란 악은 모두 다 쓸어다가 태평양
바다에 수장시키게 되어 지구촌은 글자 그대로 천국이
되었다.

　특별히 온 인류는 이와 같이 놀라운 역사가 21세기에
들어선 첫 새벽 아침에 이루어지게 된데 대해서, 그리하
여 자손들에게 깨끗한 지구촌을 물려주게 된데 대해서
신에게 무한한 감사를 드리게 되었다.

　내가 이런 기상천외(奇想天外)한 꿈을 새해 첫날 아침
부터 한참 신나게 꾸고 있는 중인데 갑자기 전화벨 소리
가 요란하게 울려대어서 아직 꿈인지 생시인지 분간이
잘 안 가는 몽롱한 상태에서 수화기를 들어 귀에 갖다

댔더니 냅다 귀청을 울리며 튀어나오는 어느 독자의 새
해 인사 말씀이 다음과 같더라.

"작가 선생님, 새해 아침부터 웬 늦잠을 그렇게 주무
십니까? 꿈 깨세요, 꿈 깨!"

동승(童僧)

소년은 중입니다. 중이 되고 싶었던 것은 아닙니다. 소년은 중이 무엇하는 사람인지도 모릅니다. 어쩐지 중이 된다는 것이 싫었던 소년이었습니다.

어멈이 승복을 입히고 머리를 깎아주었습니다. 엄마가 없으니 소년은 누구한테 싫다고 떼를 쓸 수도 없었습니다. 할 수 없이 중이 되었습니다.

아침 저녁 예불을 바쳐야 합니다. 그것이 소년에게는 무엇보다도 괴로운 일이었습니다. 소년이 하루 동안 하는 일은 그것뿐이었지만 그것이 못 견디게 싫은 것입니다. 어멈의 잔소리가 싫어서 당에는 오르지만 소년은 바로 아래 기와집 뜰만 내려다보다가 시간이 지나면 내려올 뿐입니다.

기와집은 엄마가 살던 집입니다. 얼굴 하얀 엄마는 거기서 1년이나 어멈이 지어주는 밥을 먹으며 혼자서 살았습니다. 그때는 아직 소년이 중은 아니었지만 그래도 엄마하고는 한 집에서 살지 못했습니다. 엄마는 어데가 아프기 때문에 같이 있으면 안 된다고 했습니다. 날마다 소년은 당에 올라서 뜰을 산보하는 엄마를 내려다봅니다. 엄마는 소리 없이 웃으며 소년을 올려다보았습니다. 소년은 따라 웃습니다.

소년은 산 속에 사는 것이 재미 있었습니다. 봄에는 진달래가 바위처럼 아람져 피고, 소년은 이리 저리 뛰어다니며 얼마든지 꽃묶음을 만들 수 있었습니다. 머루나 다래, 산딸기 같은 것들이 온통 소년의 것이었습니다. 밤에는 엄마가 곁에 없는 것이 쓸쓸하기도 했지만 그래도 아침이면 볼 수 있다는 생각으로 편히 잠들었습니다. 그런데 꼭 이맘때쯤 가을이었습니다. 갑자기 소년에게는 슬픔이 다가왔습니다.

어느 날 뜰을 거닐던 엄마는 올려다보며 웃었습니다.

웃으며 무슨 말을 하려던 엄마는 폭 꿇어 앉으며 두 손
을 입에 가져갔습니다. 그리고 여러 번 등을 들먹이며
기침을 하고는 어멈의 부축을 받아 안으로 들어갔습니
다. 그날 엄마는 피를 토한 것이었습니다. 그것이 소년
이 처음으로 보는 엄마의 각혈이었습니다. 그 다음에도
여러 번 엄마는 또 피 기침을 했습니다. 소년은 걱정스
러웠습니다. 엄마는 여전히 소년을 올려다보며 웃었지
만 그것이 소년에게는 반갑지 않았습니다. 엄마한테 당
장이라도 뛰어가 안기고 싶을 뿐이었습니다.

　엄마의 웃음은 그전처럼 크지도 밝지도 않았습니다.
그 하얀 얼굴이 더욱 핼쑥해진 것입니다. 뜰을 산보하
는 시간도 짧아지고 자주 나오지도 않았습니다. 병이
더 심해 가는 것입니다. 소년은 우울해졌습니다. 산을
뛰어 돌아다니지도 않았습니다. 밤이 저절로 떨어져 굴
러도 소년은 주으러 다니지 않았습니다. 엄마가 어떻게
되었나 하는 것만 보고 싶었습니다. 어느덧 엄마는 영
뜰에 나타나지 않았습니다. 어멈에게 물으면 괜찮다고
만 하고, 그래도 물으면 그런 것 물어보는 게 아니라고
꾸짖는 표정이었습니다.

그러던 어느 날, 처음 무서리가 하얗게 내린 아침이었습니다. 엄마의 기와집에서는 길고 커다란 나무 상자가 여러 사람들에 메워져 나갔습니다.

소년은 깜짝 놀랐습니다. 절에는 어멈도 없습니다. 어멈은 벌써 엄마한테 내려간 것입니다. 상자를 멘 사람들이 대문을 나서자 그 뒤로 어멈이 두 손으로 얼굴을 감싸고 따라나섰습니다. 소년은 덜컥 가슴이 내려앉았습니다. 어멈은 울고 있는 것입니다. 소년은 멀리 떨어져 산 아래로 따라 내려갔습니다. 거기 길가에 까만 지붕을 한 자동차가 서 있었습니다. 검은 상자는 거기에 실려졌습니다. 사람들도 다 탔습니다. 어멈도 탔습니다.

자동차는 소리를 내며 멀어져 갔습니다.

지금 소년은 그때 그 차에 실려간 것이 꼭 엄마였다고 생각합니다. 어멈은 저녁이 다 되어 돌아왔지만 엄마는 이제 곧 병이 나아서 돌아올 것이라고 했습니다. 그러나 벌써 1년이 지나도 엄마는 오지 않았습니다.

엄마가 살던 기와집에는 낯선 사람이 들었습니다. 이제는 틀림없이 엄마는 오지 않을 것이라고 생각합니다. 그래도 소년은 엄마가 보고 싶으면 당에 오르고 기와집 뜰을 내려다봅니다.

찬 바람이 불기 시작했습니다. 산 속에 가을이 온 것입니다. 한낮 동안 절간 뜰에는 코스모스가 하얗게 내려 깔립니다. 아카시아 잎도 떨어집니다.

밤에는 풀벌레 소리가 차갑습니다. 어쩌다 꼭 하나 남은 풍경이 가랑가랑 울어댑니다.

낮 하늘은 얼마든지 높이 올라갑니다. 하늘을 보고 있으면 소년은 어쩐지 슬퍼지기만 합니다. 산 속이 떠나가라고 엉엉 뒹굴며 울어도 시원치 않을 그런 안타까운 서글픔이었습니다. 무작정 나서서 산 속을 헤매다가 길이라도 잃고, 그래서 아무데로나 가 보고 싶기만한 마음이었습니다. 그러는 동안 어데선가 엄마를 볼 수도 있을 것 같았습니다.

참말로 소년은 엄마가 보고 싶습니다. 절간 사람들이 아무리 자기를 귀여워해 주어도 소년은 오히려 귀찮기만합니다. 어멈은 밉기까지 합니다. 그 뚱뚱한 몸집에 푸성귀만 먹는 이 산 속에서 늘 기름이 흐르는 그 뚱그런 얼굴이 싫습니다. 그러나 그런 것보다도 언제나 자기를 내버려두지 않고 감시하는 것이 더 싫었습니다.

여름 한철이 지나고 절손님이 뜸해지던 어느 날이었습니다. 소년은 조급한 마음에 무작정 가겠다고만 떼를 썼습니다. 도시 사람이 산을 내려갈 때마다 소년은 꼭 그들을 따라가는 생각을 해 보는 것이었습니다. 산 아래를 내려갈려면 절손님을 따라가면 되리라는 생각에서였습니다. 그러나 소년은 한 번도 절손님을 따라나서지는 못했습니다. 그때도 마찬가지였습니다. 어멈은 그때부터 더욱 소년을 자주 돌아보기 시작한 것뿐입니다.

절간 손님은 다 가 버렸습니다. 다만 엄마가 살던 당 아래 기와집에 언제 들었는지 모를 낯선 소녀가 중년 부인과 함께 살고 있을 뿐이었습니다.

기와집 소녀는 까만 눈을 가졌습니다. 새까만 치마에 하얀 저고리를 입었습니다. 얼굴이 하얗습니다. 꼭 엄마 같습니다.

소년은 그 소녀가 좋아졌습니다. 산 속에 남은 마지막 절손님이기 때문인지도 모릅니다. 그러나 소년은 엄마 같은 소녀가 좋은 것입니다.

엄마를 보러 가듯 소년은 당에 오릅니다. 엄마를 보는 마음으로 뜰을 내려다봅니다.

소녀는 웃지 않습니다. 그러나 소녀는 엄마의 흉내라도 내는 듯 뜰을 거닐고 꽃밭을 다듬고 햇빛을 쪼이며 또 소년을 올려다보는 것입니다.

눈이 마주치면 고개를 숙여 버립니다. 그리고 곧 안으로 들어가 버리는 것입니다. 소년은 그때마다 허전하게 여겨졌습니다. 아마 소녀는 자기를 정말 중인 줄로만 아는가 보다고 생각되었습니다.

소녀는 몸이 약한가 봅니다. 기침을 했습니다. 손에는 언제나 하얀 손수건이 쥐어져 있었습니다. 소녀가 기침을 할 때마다 소년의 마음은 흔들렸습니다. 불길한 예감이 번듯번듯 눈앞을 스쳐 지나가는 것이었습니다. 엄마가 말없이 산을 내려갔듯이 소녀도 그러리라는 생각입니다.

소년의 마음에 어떤 각오 같은 것이 주먹을 쥐었습니다. 소녀의 뜰을 찾는 시간이 급해집니다.

산 속의 가을은 쉬 깊었습니다.

오늘도 소년은 아침 예불을 올리러 당에 올랐습니다. 가만히 목탁을 두드려 봅니다.

"똑 또그르르."

맑고 찬 아침 공기에 그 소리는 절 안에 가득히 퍼집니다. 별나게 오늘은 목탁 소리가 재미있습니다. 소년은 자꾸만 목탁 소리를 냅니다. 그러다 소년은 기와집 뜰을 내려다봅니다. "아—" 하마터면 소년은 소리를 지를 뻔했습니다. 소녀가 빤히 여기를 올려다보고 있는 것입니다. 이상한 일입니다. 소녀의 까만 눈을 보자 소년은 갑자기 "엄마!"라는 생각이 들어 가슴이 찡한 것이었습니다. 그러자 소년은 더욱 놀랐습니다.

소녀는 철퍼덕 주저앉아 꼼짝도 않는 것입니다. 소녀는 꼭 네 번째 각혈을 소년이 보는 앞에서 했습니다. 하얀 손수건이 그대로 빨갛게 물들어 버리고 손에도 피가 묻어났습니다. 기침을 그친 소녀는 웃었습니다. 정말 아무렇지도 않다는 듯 소년을 올려다보며 웃어 보였습니다. 소년은 그만 눈을 감아 버렸습니다.

이제는 다 알아지는 것 같았습니다. 엄마는 죽은 것입니다. 어멈은 이제 곧 돌아온다고 몇 번 대답했지만 아닙니다. 소녀처럼 피를 뱉은 엄마는 죽은 것입니다. 눈을 감은 소년의 볼에 처음으로 눈물이 흘러내렸습니다. 엄마가 보고 싶습니다. 소녀가 불쌍합니다. 눈을 떴습니다. 뜰에는 이미 아무도 없습니다.

코스모스 꽃잎이 하나 없이 다 떨어져 버렸습니다.

소년은 여위어갔습니다. 소녀는 기와집 뜰에서 보이지 않습니다.

몇 번이고 몇 번이고 무서리가 하얗게 내렸습니다.

저녁입니다. 꼭 한 사람 여인의 울음소리가 절간에 울려왔습니다. 울음소리는 밤이 깊도록 그치지 않습니다. 국화가 다투어 피었습니다.

소년은 늦가을 먼지 이는 자동차길로 멀어져가는 영구차를 손으로 휘저어 부르며 뛰어가고 있었습니다.

* 단기 4292(1959)년 6월 13일자 대광뉴스 제28호 게재 작품. 고3

민충환

(문학평론가 · 부천대학 교수)

옛 선현은 인생삼락(人生三樂)을 얘기한 바 있는데 이관희의 첫 소설집 ≪아내의 천국≫을 일독하면서 문득 여기에 좋은 작품을 읽는 즐거움 하나를 더해야 하지 않을까 생각하였다.

그것은 이관희 작품이 여느 작가들의 글과는 확연히 구분될 만큼 구조가 단단하고 내용이 감동적이기 때문이다. 이는 예사롭지 않은 그의 경륜과 신산한 삶의 무게가 함께 길항작용을 한 소이라 믿어진다.

그는 일찍이 '작가의 산실' 이라는 서라벌예술대학에서 훌륭한 선생님들로부터 문학의 기초를 튼실히 닦았

고 오랫동안의 이민생활과 목회활동, 그리고 5권의 수
필집과 1권의 시집을 상재한 바 있는 문단의 중진 작가
이다.

그의 작품을 관류하는 일관된 정신은 '하나님 말씀'
과 유기적으로 연계된, 이른바 기독교 문학이라고 할 수
있다. 그런데 그의 소설에서 '기독교' 는 우리 주변에서
항용 볼 수 있는 '예수를 믿어라. 그렇지 않으면 지옥으
로 간다.' 는 식의 위압적이고 원리주의에 얽매이지 않
고 '열린 사고' 를 통한 인간에 대한 깊은 신뢰와 사랑이
주조를 이루고 있다.

〈무서운 아이〉에서는, 교사는 지식의 전달자이기 전
에 먼저 근원적인 인간에 대한 긍정, 즉 '인간 긍정의
사도' 가 아니어서는 안 됨을 강조하고 있고 〈어떤 변신〉
에서는, '하나님을 만나 봤다는 식' 의 광신적인 아내의
행태를 비판하던 남편이 끔찍한 교통사고를 당한 뒤 자
연스레 신앙인으로 회귀하고 있는 모습을 그리고 있다.
한편, 〈그 해 겨울은 참 추웠었네〉에서는 매우 가난한
남녀가 '풀잎 밥상' 을 앞에 놓고 생일잔치를 벌이는 동화
적인 사랑을 그리고 있다. 이 작품은 가히 한국판 〈크리스

마스 선물〉이라고 할 만큼 매우 감동적이다. 〈아내의 천
국〉에서는, 평소 교인들에게 '천국의 소망'을 열렬히
강론하던 김 목사가 아내가 죽은 뒤 더 이상 설교를 할
수 없게 된 사연을 그리고 있다. 즉, 자신이 지금껏 해
온 설교에는 '아내가 가짜 보석반지를 진짜처럼 닦고
또 닦고 아끼고 사랑하였던 것과 같은 사랑이 없었음'
을 뒤늦게 깨닫고 부끄러움과 죄책감을 느끼게 된다는
내용이다.

서양 고사에, 하늘만 쳐다보며 별 연구에만 전념하던
학자가 길을 가다가 우물에 빠졌다는 얘기가 있다.
하나님의 말씀, 그 원리만을 일관되게 강조할 뿐 변화
하는 시대와 사람들을 도외시하고 진정한 사랑의 실천
이 결여된 요즘의 교단, 아니 우리 모두에게 이관희의
소설은 부끄럼을 각성케 해준 한국문학의 한 성과이자
기념비적인 작품으로 부족 됨이 없다고 하겠다.

2006년 6월

단상집 [개똥벌레 한 마리가 세상을 바꿀 수 있겠느냐]

1994년, 베드로서원

수필집 [다시 연애하는 세상이 되어야 살 수 있다]

1995년, 베드로서원

시집 [사랑하고 죽으리라]

1996년, 베드로서원

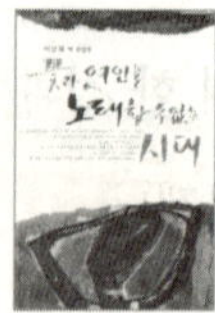

수필집 [꽃과 여인을 노래 할 수 없는 시대]

2004년, 미래문화사